霧のむこうに住みたい

須賀敦子

河出書房新社

目次

I

II

Ⅲ

霧のむこうに住みたい

I

七年目のチーズ

薄暗い電灯の下、まっしろな「よそいき」のテーブル・クロスをかけた食卓のまわりで、私たちは息を呑んでナンド伯父さんが地下の貯蔵庫から大切そうに持って上がってきたチーズを見つめていた。白っぽい色の、直径十五センチ、高さ十センチほどの丸い形をしたそのチーズが、テーブルにのせられたときには、わっと歓声があがり、やがて小柄なナンド伯父さんがまるっこい指に力を入れてナイフの先を突きさすと、あたりがしんとした。

アクワペンデンテ。中部イタリアの山のなかの小さな町で、私は、一九五四年のその夏、留学先のパリからイタリア語の勉強をするために滞在していたペルージャの友人の家族の案内で、いくつか山を越えて、彼らの親類にあたるナンド伯父さんの家に連れてきてもらったのだった。日本人のお客さんといっしょに、八月のマリア昇天祭の日にみんなで夕食に来ないか。そう誘われて、一家総出の小旅行が決定し、ペルージャを車で出発したのは午後おそくなってからだった。

ディナーにおいで、と誘われたのに、降るような星空の下をアクワペンデンテの細くて暗い中世のままのくねくねした石畳の道を歩きつづけ（車は通れないから、こうした町の定石どおり、城壁の外で乗り捨てて）、ようやくナンド伯父さんの家にたどり着いてみると、家のなかはからっぽで、ドアの鍵もかかっていない。よろよろと杖をついて通りかかった近所の住人らしい老女を呼びとめて訊ねると、みんなお祭りの最後をかざるマリア様の行列を見に、大聖堂の広場に出かけたのだという。いま、この町で家にいる人間なんていないよ、と歯のない口をあけて笑う。でも、おばあさんは、私たちがその家に来ることを知っていた。心配ないよ。すぐ帰ってくるよ。二、三日まえから、みんなでご馳走の準備をしてたもの。

そんないきさつのあと、たぶん十時ちかくなって始まったディナーは、おなかをすかせ、心細い思いをした甲斐ありで、食べきれないほどのご馳走だった。なかでも薄くのばした手製のパスタと仔牛のひき肉入りのトマト・ソース、それにホワイト・ソースを、かわるがわる重ね、ケーキのように天火で焼いたラザーニャは、まだイタリア料理に慣れない私にも絶品と思えた。そして挙句がそのチーズだった。

七年ものを持って来よう。食事が進行して、いよいよチーズというとき、ナンド伯父さんがそう宣言すると、奥さんのマリア伯母さんは、あらあ、と悲鳴に近い声をあげた。私たちにはぜったいに食べさせてくれないくせに。それから、私のほうをちらりと見てから、ちょっと声をひそめて言った。お客さんの口に合うかしらね。

さあ、ほんとだね。すっかり忘れていた、というように、みなが心配そうな顔で、私の表情をうかがった。マリア伯母さんがいちはやく説明を買って出る。うちの山羊の乳でつくったチーズなんですけどね、ここまで古くなると、ちっちゃなウジ虫がぎっしり湧いてるんですよ。虫が多いほど、いいチーズだっていうんだけど。

ナンド伯父さんのナイフの刃先で、熟成しきったチーズはポロポロと割れ落ちた。そのかけらのなかには、極小のチリメンジャコのような、無数と思われるウジ虫が、みなの熱い視線をあびて黒い点のような頭を振り振り、透明に近いチーズ色のからだをせわしげにくねらせている。思わず大きな溜息をついた私を見て、みんなはこころから愉快そうに笑った。あはは、アクワペンデンテまで来てよかったでしょう。こんなすてきなチーズには、めったにお目にかかれるもんじゃない。あはは。

山羊特有の匂いがきつくて、ウジ虫が気になって、さらに気にしているのをみんなにさとられまいとして、正直のところ、私はその夜、せっかく私のために食卓にのった宝石のようなナンド伯父さんのチーズを、しっかりと味わえたとはとても言えない。舌がおっかなびっくりで、終始ウジ虫をまさぐっていた。

結婚してずっとミラノで暮らすようになってからも、私は、ときどき、アクワペンデンテのマリア祭の記憶をたぐりよせ、指でぎゅっと押して熟し具合をたしかめながらパリの街角のチーズ屋で買うあの白カビに被われた偉大なカマンベールにではなくて、自分は、あの八月の夜、暗い電灯の下の食卓で出会ったウジ虫チーズやみんなの笑い声に誘われて、この国から離れられなくなったのかもしれないと、思いめぐらすことがあった。

ビアンカの家

イタリア、リヴィエラの海岸は、ジェノワを中心に東西にのびている。その東端の、海辺までせまった嶮《けわ》しい山のひだのあちこちに、すがりつくようにきりひらかれた五つの郷がある。「五つの陸地《チンクエ・テッレ》」とよばれ（海の侵蝕とたたかい抜いて、人間がやっとのことで奪いかえした、それは、まさに奇蹟的な「五つの陸地」なのである）、香りのよい、甘味のある葡萄酒の産地として知られた土地である。

この五つの郷のひとつマナローラは、人口が千人そこそこの集落である。海を真下にひかえた丘陵が、このあたりではほとんど頂上まで耕しつくされていて、段々につくられた無数の葡萄畑が、山肌に見事なアラベスク模様を描きだしている。そのいちばん低くなったところに、小さな入江をかこんで村があり、質素な石造りの家々は、海辺の棒杭にびっしりこびりついた貝殻のように狭い山すそを埋めている。

そのマナローラに、ミラノから私を連れていってくれたのは、旧来の友人アルベルトとその妹さんのアンナであった。ふたりとも独身で、数年まえに手に入れたこの海辺の村の小さな家で、年の瀬と元旦をともにすごそうというのだった。ビアンカも待っているから、とアルベルトは言った。

ビアンカは、アルベルトとおなじ研究所の同僚だったが、つい半年ほどまえに定年で退職したとのことだった。彼女もまた独身である。優れた化学者だということで、あちこちから再就職の誘いがあるのだが、どれもことわって、いまは月の半分くらいは、この海辺の村にいて、少しばかりの葡萄畑と小さな菜園をじぶんで耕している。

五十代の半ばくらいだろうか。光沢のある銀いろの髪がうつくしい。骨っぽい、少しきびしいくらいの整った顔だちのなかで、大きな緑がかった灰いろの目が、いつも、ちょっとはにかんで笑っている。ひろい肩、日焼けした皮膚、しゃんとのばした背中——そのどれをとっても、生涯のながい時期を、試験管相手にすごしたとは思えない、実在感のあるひとである。

十二月三十日の午さがりにマナローラに着いたその直後から、アルベルトもアンナも私も、このビアンカのおだやかな「歓迎プログラム」に、組み入れられてしまった。

アルベルトの家に着いてまもなく、ビアンカがあらわれて、整理はあとまわしにして、うちに食事にきたら、と、ごくあたりまえのように、低い声でさそってくれた瞬間から。

ごく自然に、私たちは、彼女の家で食事にあつまり、彼女の家で翌日の計画を練り、ということになっていた。「ああ、やっぱり今度もおなじだ。ぼくたちはマナローラに来たのか、ビアンカのところに来たのか」、二日目の昼食をとりながら、アルベルトが大きな声でいうと、ビアンカはおかしそうに答えた。「どっちだっていいじゃない」

大晦日の夜、土地の若い衆が持ってきてくれた門外不出の地酒シャケトラで、あたらしい年を祝って乾杯したのも、当然、このビアンカの家の居間であった。

ビアンカの家は、マナローラの入江の東端の、そそりたった岩のうえにたっている。海のうえに突き出したようなヴェランダに立つと、三十メートルほど下の岩にあたって砕け散る波のしぶきに、足が濡れそうで、おもわず身をひいてしまうほどである。見わたすかぎりの水平線の、左手から太陽が昇り、右手に沈んだ。

私がマナローラですごした三日間は、沿岸の鉄道が不通になるほど海が荒れたが、この居間で話していると、時として相手の声がききとれぬくらい波の音が高かった。

波のなかに家ごとほうり出されたような錯覚におそわれるほどであった。

おそらくは退職金というようなもので買ったのだろう。岩の上のこのビアンカの家は、一階がひろい寝室、二階が居間兼食堂になっている。「友人を泊められるように」、彼女の寝室にはツイン・ベッドが置かれ、彼女が「汽車」と呼んでいる、居間の壁ぎわのソファも、そのまま二人分のベッドになるのだった。

アルベルトの家からビアンカの家まで、はじめて村を横ぎっていったとき、先頭を歩いていたビアンカが、ちょっと、と言って、道ばたの階段を駆けおりた。そのあとについていくと、彼女は、もと馬小屋だったという小さな石造りの家のなかをみせてくれた。こぎれいなカーテンのかかった、ほんの四帖半ほどの小さな部屋で、大きなガスレンジと流し台、それに食卓と椅子が二脚おかれていた。片隅に簡単な鉄のらせん階段がついていて、うえは寝室だとのことだった。

「お金をとって貸すの?」とたずねると、「まさか」と、またあのはにかんだ微笑がかえってきた。「ともだちのためよ。夏、海に来たい人がいっぱいいるでしょう」

ミラノに帰る前日、ビアンカは村はずれにある彼女の菜園に連れていってくれた。冬というのに暖かいこの地方らしく、いろいろな種類のサラダ菜が整然と植えられていた。横にほそながいその土地のほぼまんなか辺の、もう蕾をいっぱいにつけたミモザの木蔭の道具小屋にはいって、また私はおどろいた。一隅に食卓と椅子が置かれ、簡単な台所がしつらえられていて、原始的な中二階にはベッドが置いてある。「これは」とビアンカはおかしそうに言った。「ともだちのともだちのためよ」

一生はたらいて「老年」をむかえたときに、このひとは、まず、ともだちのことを考えたのだろうか。マナローラの三つのビアンカの家は、どれもあかるくて居心地がよさそうだが、いずれも質素なものだった。彼女が身に着けているものも、ものはよいが、質素である。あきらかに自分が贅沢できる分をさいて、このひとは、ともだちのための空間をつくりだしているのだった。それも淡々として、ちょっとはにかみながら。

ビアンカがどういうひとかということが大切なのではないとおもう。私を深く感動させたのは、なによりも彼女のダイナミックな生き方だった。老後の経済的保障を国がしっかりと見てくれる日が、日本にもいつかやってくるだろう。だが、そのとき、なんにんのビアンカが、私たちの精神を支えてくれるのだろうか。

アスパラガスの記憶

北海道の知人から、アスパラガスを送ります、と便りがあった。一瞬、蠟をひいたような、うっすらと紫のまじった緑の穂先（というのだろうか）と、みるからに繊維のつよそうな、それでいて女の子の脚をどこか思わせる、むっちりと白い、まるみのある根もとを楊の皮で束ねた、あのふしぎな野菜のイメージが、脳裡をよこぎった。根もとの白いところだけ、皮をこそいでから、深いパスタ用の筒鍋で、タテにして茹でてね、束ねたままで。あたまがおじぎしたら、すぐ食べるのよ、という従妹のアドリアーナの、すこし鼻にかかった、つよい田舎なまりの口調といっしょに。ぜったいに今日中に食べて。そうも彼女は言った。それは毎年、五月も半ばごろになると、私たちの家からさほど遠くない市営の団地に住んでいるアドリアーナからの電話だった。ゆうべ、帰ってきたの。きのう掘ったばかりのアスパラガス持ってきたから、とりにいらっしゃい。私は、とるものもとりあえず、といった感じで、三十分ほどの道をあるいて、例年のゆたかな春の贈物をもらいにでかけるのだった。

アドリアーナは夫の従弟で市電の運転手をしていたジュゼッペのつれあいで、彼女の実家は、ミラノの南東、ピエモンテ州のアレッサンドリアに近い地方の、アスパラガスの栽培に力をいれている農家だった。うちの辺は砂の多い土地だから、アスパラガスに向いてるの。たしか、アドリアーナはそうも言っていた。

ジュゼッペが三十代も後半というころに、ほぼ同年配のアドリアーナと結婚したとき、親類のなかではいろいろなことを言う人がいた。アドリアーナが、はっきり言ってしまえば、みにくい女だったからかも知れない。目立つ、というほどではなかったけれど佝僂病というのか、背に小さなこぶを背負ったような体型で、それがからだぜんたいのプロポーションをゆがめていた。小さな顔にたいしてりっぱすぎる鼻が、どうしてかまんなか辺ですこし右だったかに曲っているのが目について、ほんとうはきらきらと利口そうな黒い目や、ちいさな口もとの印象を救いがたく弱めてしまっていた。ジュゼッペの父親はうだつのあがらない小作農夫だったから、土地を持っているアドリアーナの実家にいずれは入りこむつもりだろうとか、それにしても、もうすこしいい女はいなかったのかとか、耳をふさぎたくなるほどの取り沙汰が私たちにも聞こえてきたが、小学校を出たか出ないかで、財産もないうえに名代のけちんぼう、見ばえもけっしてよいとはいえないジュゼッペのところに、とにかく働き者のお嫁さんがきてくれたのだからと、姑などはアドリアーナたちの側にまわったのだった。いずれにしても、甲斐性のない親のもとで、小さいときから苦労ばかりしてきたジュゼッペにつれあいができたこと、市電の運転手という肉体的にも精神的にもかなりな重労働の一日を終えて彼が家にかえったときに、自分の窓に明りがついていて、食事をつくって待っていてくれる人ができたのは、祝福すべきことにちがいなかった。

アドリアーナはお料理上手だった。一年に一度ぐらい、私たち夫婦はジュゼッペの家に招待された。あたらしいレシピというのではなく、どこにでもある田舎料理だったけれど、どれも味つけがよかった。彼女の得意は、あれもこれもとヴァラエティーに富んだイタリア特有のアンティパスト（オードヴル）で、とくにお手製の酢味の勝ったマヨネーズが天下一品だった。あなたが好きだから、余計につくったの。そう言って、帰りにそのマヨネーズを私にもたせてくれることもあった。

そんなアドリアーナのアスパラガスは、一年に一度、春の気候がやっとおちついてバラが咲くころ、きびしい冬のあとをねぎらうようにして、私たちの食卓にのった。変りばえのしない日常のメニューのなかで、それは季節感にあふれた心のはずむ愉しみだった。新鮮なアスパラガスを茹でて、根もとを片手でつまんで、オリーヴ油にちょっとお酢をたらしたのに穂先をちょいちょいとひたしながら食べると、やわらかい茎がオリーヴ油の香りといっしょに口のなかでとろけて、春の味に胸をつかれた。一キロ以上あるのを、ふたりであっというまにかたづけてしまっては、顔を見あわせた。

中学生だった若い叔父が、アスパラガスだよ、と言って、ふわふわした葉の出る植物を花壇の片隅に植えていたのは、私が小学校にあがったばかりのころだった。ときどき食卓に出る、ひとり二本ぐらいずつしかついていない、あの黄色っぽい、ほんのりとあまい香りのする、いかにも西洋料理という感じの野菜と、この緑のふわふわが同じ名なのが気になって叔父にたずねたのをおぼえている。おんなじさ、というような返事だったのが、なんとなく腑におちなかったこととといっしょに。

このごろはあまり見かけなくなったけれど、カーネーションやバラを花屋さんで買うと、かならずこの緑のふわふわをつけてくれて、それはたしかにアスパラガスと呼ばれていた。あの緑を、一本一本の存在感がはっきりしたバラやカーネーションのあいだに入れると、霧がかかったようになって、花がやさしく見えたりした。針金のようにに細い硬質の枝には、小さな棘があって、花屋さんは、花筒にはいったアスパラガスを一本ずつとりだすときには、棘で手をいためないように、そして枝が他の枝にからまないように、上手にだましだましひっぱっていた。でも、この緑のふわふわが、あの黄色い芽みたいな野菜とどう関係があるのかは、ずっとわからないままだった。

大学を出てからパリに留学して、学生食堂でこのアスパラガスが出ることがあった。日本ではいわゆる「つけあわせ」として、一本か二本、いかにも高価ですというように、みみちくお皿にのっているものが、セルフサービスでこれだけは学生が差し出すお皿にごっそりと山もりにしてくれて、はじめてヨーロッパではこの野菜をそんな量で食べることを知った。深い大きなおたまじゃくしで、ドレッシングをたっぷりかけてくれたことも、戦後の日本から行った貧乏留学生には驚異だった。このアスパラガスと、もうひとつ、冬に供される、大きな緑の蕾のうろこのようなガクを一枚一枚剝がしながら食べるアルティショー（チョウセンアザミ）が、たぶん、私にとってはもっとも意外で、それまで日本で経験したことのない味をつたえてくれた野菜だったように思う。

イタリアに住むようになって、晩春のころ山道を歩くと、粗末な服装の子供が列になって、束ねたアスパラガスを手に手にさしだして売っているのを目にすることがあった。子供たちの手のなかで、しおれたワラビのように見える細い緑の穂のようなものがアスパラガスだとは、友人におしえられるまでまったく見当がつかなかった。季節がかわっておなじ山道を歩くと、子供のころに家の花壇にあったあの緑のふわふわがあちこちに茂っていて、なんとなく納得したような気持だった。アスパラガスを、ワラビにつなげて考えたとき、はじめてあの「芽」と緑のふわふわに関連がついたのだった。


アスパラガスの栽培ってたいへんなの、とアドリアーナは言っていた。根の白いところが多いほど高く売れるから、土をかけてやる手間がかかって。それに、あたらしくないと苦みがでるから、収穫の季節には、みんな夜も眠れない。

一年に一度、アドリアーナが実家から持って帰ったアスパラガスは、たぶん、彼女がその重い労働を手伝って、自分の分を貰ってきた、そのおすそわけだったにちがいない。ふと、そう気づいたのは、なんと二十年以上もたったいま、この文を書きながらだった。若かった私たちはそんなことも気づかないで、おいしいおいしいと言って食べていた。

悪魔のジージョ

ちょうど三十年まえのことになるが、北イタリア、フリウリ地方の、チヴィダーレという小さな町のそばの、もと修道院だったというペンションに一週間ほど、夫と泊まったことがある。

町に行くには、丘を降りて、ディーゼル鉄道に乗らなければならない。そんな不便な土地だったが、山で猟師が射止めたキジが食卓にのぼったり、その猟師が、台所で料理番のおばさんと話すときの、こちらにはまったく通じない方言（この地方の言葉は、方言ではなくて、フリウリ語という独立した国語だといわれている）に驚いたりする、夢のような日々だった。

ある日の夕方、私たちは、ペンションの前の小さな庭に立って、眼下にひろがる平野が暮れていくのを見ていた。十一月も半ば過ぎていて、オーバーを通して、湿った寒気が肌を刺した。たぶん、私たちは町から帰ってきたばかりだったのだろう。夫は、ジージョと呼ばれる、ペンションの下働きの男と話していた。大きな黒い岩をおもわせる、なんとなく肌の色がくすんだ中年の男で、彼の話す方言は、すべて夫を介してイタリア語になおしてもらわないと、私にはちんぷんかんぷんであった。彼は、じぶんが、近所ではディアウルのジージョで知られている、と言ったそうである。ディアウルは、方言で悪魔のことだから、ひどい綽名《あだな》だ。私は、彼が毛むくじゃらで、北のこの地方でも目立つほど背が高かったことから、子供たちが恐れて、そんな名をつけたのだと思ったが、そう言うと、夫はどういうわけか、ただ、わかるものか、と言った。どうしてよ、という私に、彼はただ肩をすくめただけで、なんの説明もしなかったが、かえってそのことが私には不可解で、ずっとあとまで、記憶にのこった。彼はジージョについての私が知らない情報を、もっていたのだろうか。それとも、なにか小説めいたことを、男について想像していたのだろうか。

さむざむと日が落ちて、平野が暗くなっていくころ、ジージョは、ずっとむこうにひくく連なる山の方向に、薄暮のなかで真っ黒に見えたがんじょうな手をさしのばして、向こうから来る、と言った。夕方になると、スラヴ人が山を降りてくる、というのである。たしか、肉を買いに来ると言ったように思う。山のむこうはユーゴスラヴィアで、肉が高いから、国境を越えて、イタリアにやってくる。スラーヴィ、という言葉に私は、なぜかぎょっとした。スラヴ人などというのは、それまで私にとって、遠いロシア人と同義語のような感覚だったのが、このイタリアに山を越えてやってくる、それも、食料の買出しに、というのが、なんとも奇怪に聞こえたのだった。

国境を越えて食料の買出しというのは、それまでも、スイスとの国境の町で耳にしたことがあった。その場合は、むしろ、イタリア人が、値の安いコーヒーや砂糖、たばこなどを買いに国境を越えるのである。それにくらべて、スラヴ人が肉を買いにくるというジージョの話には、なにかいっきに中世にもどったような、怪しい雰囲気があった。凍った夕景色のせいだったのか。低音でぼそぼそと話す、悪魔のジージョの魔法にかかったのだろうか。しかも、彼らは夕方、日没を待って来るという。おそらくは、スイス国境での買出しのように、ゲーム気分で、国境警備員さえも本気で改めようとしないパスポートや身分証明書をひらつかせながらの出入国といった往来ではなくて、プロのヤミ商人が体を張った密輸入なのだろう。暗い山道を、ひょっとしたら血のしたたる肉の包みを小脇にかかえて走る、ジージョのように毛むくじゃらの大男の群れを想像して、私は息をのんだのだった。スラヴ人が来る、という言葉は、子供のころ、早く寝ないと、ゴットンさん（なんという、かわいらしい名の化物だろう）が来ますよ、と私たちをこわがらせた母のフレーズのように、まるで蛮族の襲来といった語感で私をおびえさせた。

最近、クロアチアとスロヴェニアが独立を一方的に宣言して、紛争がおきたという新聞のニュースで、地図を見て、私は初めて、三十年まえにジージョが言ったスラヴ人というのが、正確にはスロヴェニア人だったのだということに気づいた。スラヴという言葉は、英語のスレイヴ、奴隷、の語源でもある。イタリア語でも、奴隷はスキアーヴォで、語源はおなじだ。ヴェネツィア弁のスチャオが、私はあなたの奴隷ですという忠誠の表現の一部で、それが今日、親しいあいだで交される、チャオという挨拶に変ったという話を聞いたことがある。どれも、むかし、この地方の人々がギリシアやローマの軍隊に捕えられて、奴隷にされた名残だともいわれる。

新聞のニュースになってみると、暗い山道を駆けおりてくるスラヴ人が、一瞬にしてスロヴェニア人と整理分類され、かつて聞いた戦慄の走るような密輸入の話は、私のなかで、あっというまに神秘性を失って、なんということはない、ありふれた流通問題の変化球に早変わりしてしまった。やはり、あのとき、私は悪魔のジージョに化かされていたのかもしれない。

マドモアゼル・ヴェ

マルグリット・デュラスは今年八十歳になるフランスの女性作家だが、ヴェトナムで過ごした少女時代の記憶を、あやしいエロティシズムがただよう一連のすぐれた作品にまとめている。なかでも、二年ほどまえ日本にも紹介された『北の愛人』では、サイゴンのフランス人寄宿学校の女子生徒と、裕福な中国人男性とのあいだに生まれたふしぎで残酷な愛のかたちを描いて、世評が高かった。

フランス占領下の時代が、ヴェトナムの人びとにとって我慢ならない屈辱の歴史であったことは間違いないが、デュラスの小説空間は、そんな政治的視点を故意に離れた虚構のヴェトナムにおかれていて、シナ趣味ともいえる一種のエキゾティスムが読者を酔わせる。硬質な抒情性とでもいうのか、独特の感覚に支えられた映像的な語りも、ながく印象に残る。

ヴェトナムといえば一九四〇年代の終りに、私たちの女子大でフランス語を教えてくれたマドモアゼル・ヴェも、サイゴン生まれのサイゴン育ちだった。デュラスの小説に私が惹かれるのは、そのころ日本ではまだ知られていなかったサンテグジュペリの『プティ・プランス』（星の王子さま）を原語で読ませてくれた、美人のマドモアゼル・ヴェを、デュラスの小説の主人公に重ねてしまうからかもしれない。

フランス語の授業のあと、他の講義に出ていた友人たちに訊ねられることがあった。いまの授業、マドモアゼル・ヴェだったでしょ。先生の声が廊下まで聞こえたわ。高く澄んだ、それでいて、どこかものういようなところのあるヴェ先生の声は、ずいぶん遠くまでひびいた。『雪国』の冒頭の部分で、葉子が汽車の窓から「駅長さあん」と呼んだのを受けて、「悲しいほど美しい声であった」と地の文がつづくが、澄んだマドモアゼル・ヴェの声には、それに似た、かなしいひびきがあった。幼いころポリオを病んだ彼女が、麻痺した片あしを重くひきずって歩く、そのことからも、私には彼女の声がかなしく聞こえた。

そのころヴェトナムにいるフランス人の位置がすこしずつ揺らぎはじめていて、マドモアゼル・ヴェは、日本に逃げて来たのだろう、きっとヴェトナムでいやなことがあったのだ、と私たちは勝手な想像をめぐらせた。麻布の高台の、私立の男子高校の通学路にあたる道の、こぢんまりとした西洋館に彼女はひとり住んでいた。英語のほか、片言ほどの日本語は話せて、きれいにルージュをひいたくちびるをちょっと曲げるようにして、ソレダメデスとか、イケマセンとか、イ、デス（いいです）と、すこしも勉強してこない私たちを叱ったり、ちょっとほめてくれたりした。フランス語はいっこう上達しなかったけれど、私たちは彼女になついていた。

　夏休みが終ったとき、ヴェ先生はちっちゃな男の子をひとり連れて教室に現れ、ミシェルです、と英語でいいながら、その子の背中をかるく押すようにして、私たちに紹介した。三歳ぐらいだったろうか、アメリカ兵と日本の娘のあいだに生まれたミシェルは、養護施設に引きとられていたのを、マドモアゼル・ヴェが養子にしたのだった。手足がほっそりとして、ボーン・チャイナを思わせる白い肌、漆黒の髪で目も黒いマドモアゼルに、ブロンドのミシェルはぜんぜん似ていなくて、まだちいさいのに肩幅のひろい、がんじょうな体格の子だった。授業のあいだ、ミシェルは教壇の片すみに腰かけて、床にひろげた絵本のページを繰っていた。ミシェルを引きとってから、マドモアゼル・ヴェは、その子の世話をする日本人のメイドをやとった。そのメイドが、ミシェルを校庭で遊ばせて、授業の終るのを待っていることもあった。

　フランス語はマドモアゼル・ヴェの授業をとっただけで大学を卒業してしまったわけだが、そのあと飯田橋の日仏学院に通うようになってから、彼女には、ほとんど文法らしい文法を教わらなかったことに気づいて私はびっくりした。文法に喧しいフランス人にしては、マドモアゼル・ヴェは奇跡的な教師だったという他ない。でも、どういうものか、曲りなりにも本だけはかなり読めるようになっていたのが、ありがたかった。

　大学を出たあと私はパリに留学したが、それはフランス軍がヴェトナムでの覇権を失うことが決定的になったディエン・ビエン・フウの戦いがはじまった年で、アオザイのすそをひるがえしてラテン区を歩いていたヴェトナム出身の女子学生たちも、パリの住民に白い目で見られるようになった。ヴェトナム人の学生が私の寮にもたくさんいて、故国との連絡がとれなくなって送金がとだえた人もあった。彼女たちが階段の上と下で、小鳥のさえずるようなヴェトナム語で話しあっているのが聞こえると、東京で暮らしているマドモアゼル・ヴェのことを考えることがあった。そのときはじめて、彼女がヴェトナム語を話せたのかどうか、いちども授業中にそんな話を聞いたことも訊ねたこともなかったのに思いあたった。

マルグリット・デュラスの小説を読んでいて、パリの寮でいっしょに暮らしていたヴェトナム人たちの、さえずるような話し声がどこからか聞こえて来るような気がした。そして、一週間に二度、タクシーで広尾の女子大に通ってくるほかは、ひっそりと麻布の西洋館でちいさいミシェルと暮らしていた、マドモアゼル・ヴェのことを思った。

なんともちぐはぐな贈り物

たっぷり二十年もむかしのことになる。長年のイタリア生活を切り上げて帰国まもないころで、日本の友人よりもイタリア人とつきあうほうが気をつかわない、数をかぞえるのも、まずイタリア語で考えてからという、かなりウラシマ的な日々をすごしていた。そのころ、つきあっていた友人に、フランコというミラノから来ていた若い商社員がいた。独身の彼が借りていた〈豪邸〉が、私が当時住んでいた名ばかりのマンションの部屋から近かったこともあって、私たちはよく仕事のあとに落ちあっては、食事をしたり、夏の夕方などは両方の住居のちょうどまんなか辺りにある〈○○銀座〉で散歩を愉しんだりした。

話の発端はちょうど梅雨どきのむしあつい夕方で、とつぜん彼が電話をかけてきた。いまなにしてるの、とたずねる声がなにやらおかしい。どうしたの、と訊くと、ちょっと大変みたいだ、という。すぐ、うちに来てみてくれないだろうか。まさかドロボウじゃないでしょうね、とたずねると、ちがうという。水がなんだかあふれてるんだ。

水があふれたぐらいで、友人に、しかも女ともだちに救いをもとめるなんて、と私はあきれた。どこから、どういうふうに洩れてるの、といっても、彼の返事はいっこうに要領をえない。それがわかってるくらいなら、電話はかけないよ、とすましている。とにかく会社から帰ってみると、あたりが水だらけなんだという。友人が、東京で溺死するのを見殺しにしたというのでは、じぶんも滞伊中はさんざ世話になったミラノの人たちに申しわけない。それに、父親を幼いときになくして、しっかり者の母親と姉貴ふたりにそだてられたジャンフランコがなにかにつけ頼ってくるのはこれも運命とあきらめることにして、道具箱からモンキー・スパナをとり出し、さっそく家を出た。

私鉄のガードをすぎて、環状六号線からすこし入った高台にある彼の〈豪邸〉に行く途中、さいごの私道にさしかかった辺りで、異変はもうあきらかだった。水が、小石の多い坂道を、ザアザアというほどではないけれど、チョロチョロというよりはずっと威勢よく流れてくるのだ。大きく空気を吸ってみても、臭くはないから下水ではなさそうだった。だぶだぶのジーンズをはいて〈武装〉したジャンフランコが門の前にしゃがんでいて、私をみると、坂のうえからにんまりと笑った。

どこから洩れてるの、とたずねる。知らないさ、そんなこと、平然と彼がこたえる。水道局とか、そういうところに電話をかけたの、と訊く。ううん、と彼が首をふる。ちょうどそのとき、ああっ、見てよ、これ、と地面をゆびさしながら、彼が変てこな悲鳴をあげた。

しゃがんでいるジャンフランコの横に私もかがみこんで、彼の指先がさし示すあたりに目をこらしたとき、こんどは私がきゃっと悲鳴をあげた。水のなかでは無数の微小な白いウジ虫がくねくねとからだをくねらせて踊っているのだ。水はまったく臭わないのに、ウジ虫がいるのではやはり下水にちがいない。これではとても私たちの手に負えない。たとえモンキー・スパナが百本あっても、たとえ千人のジャンフランコがブルー・ジーンズをはいても、敵がウジ虫ではかなわない。

そのあと私たちがどこに電話をかけたのか、〈豪邸〉の塀の下からつぎつぎとあふれだす水をとめるためにどんな処置をしたのか、記憶はすとんと脱落している。ただ、はっきり、まるでそれがきょうのことのように覚えているのは、ずいぶんながいあいだ、私とジャンフランコが彼の家の門前にしゃがんだまま、流れつづける水のなかでくねくねと踊りつづけるウジ虫をぼんやり眺めていたことだ。そうして眺めているうちに、なんとなく白いウジ虫の踊る光景に私たちが慣れてしまって、汚いと思わなくなっていたことだ。それからもうひとつ、しゃがんでいる私たちの頭上の空が、いつのまにか淡く夕焼けていたことだ。

そのあと〈豪邸〉の洗面所で手を洗い（べつに水に手を入れたわけでもないし、ウジ虫に触れたわけでもなかったのだけれど）、その夜はさすがに食事に行く気もしなかったから、しばらくふたりでしゃべったあと、私はぐったりして家に帰った。その夜、床に入ってから、私は考えた。ふたりでウジ虫を見たほうが、ひとりで見ているよりは心細くなかっただろうか。

この話は、ここで終らない。つぎの日、仕事を終えてエレベーターのない五階の階段をよっこらしょと登りつめたとき、私は、息をのんだ。ドアのまえの殺風景なコンクリートの床に、大きな、両手でやっと抱えられるほど大きな、赤いバラの花束が、どすんと置いてあったからだ。花束にピンでとめた白いカードには、ジャンフランコのていねいな筆跡でこう書いてあった。

〈きのうは、ほんとうにありがとう。ひとりだったら、ぼくはあのまま白いウジ虫のいる水に溺れて死んでいたかもしれない〉

屋根裏部屋と地下の部屋で

ローマで勉強していたころ、友人にさそわれて、ロンドンで夏をすごしたことがある。三十年も前の話だ。二週間ぐらいでローマに帰る予定だったのが、その友人の紹介で、思いがけなく、休暇で田舎に帰っている人の部屋を、夏だけの約束で借りることができ、結局はイタリアの大学が始まる十月末まで三カ月もロンドンに居ついてしまった。

ヴィクトリア停車場まで歩いて二、三分、という繁華な区域のわりには静かな通りに建ったその家は、道路から数段、とんとんと階段を上がったところに入口のドアがあった。私の部屋は、いったん三階まで階段をのぼってから、もうひとつ、秘密の通路のような細い階段をのぼりつめたところにある、小さいけれど、居心地のよい屋根裏部屋だった。

その部屋で暮らしはじめて、二日目ぐらいだったろうか。ガスの元栓はどこにあるとか、洗濯屋はどこのが安くて仕上げがていねいだとか、シーツはどの戸棚、ナイフやフォークはどのひきだし、と細かいメモを残しておいてくれたその家のふだんの住人が、ゴミの処理に関しては、「地下室のドアを開けたところに大きなペイルがあります」とだけしか書いてないのに気づいた。一階の玄関のあたりには、いくつかドアがあって、どれが地下に降りる階段なのか、まるで見当がつかない。探して、うろうろなんぞして、ほかの住人に変に疑われたりしたらどうしよう。私はおっかなびっくりで、最初の何日かは捨てに行く勇気のないまま、ゴミを部屋に溜めていた。

生ゴミを出さないように、はじめのうちは外食に徹してみたけれど、財政的にもそれは続くはずもなく、すぐに辛抱しきれなくなったから、とうとうある朝、思いきって、小さなゴミ・バケツを持って一階に降りた。

しばらく様子をうかがってから、これと目をつけた、階段の上がり口にいちばん近いドアのノブを、音のしないように気づかいながらそっとまわしてみた。開けたところには、私の屋根裏部屋に通じる階段とおなじような、ちょっと粗末な細い階段が見える。ほっとして、私が降りはじめたのとほとんど同時に、コトンと音がして、階段の下のドアが開いて、品のいい、銀色の髪をきれいにうしろでまとめた老婦人が出てきた。私がおもわず立ち止まると、むこうも両手を胸のあたりで合わせるようなかっこうでじっと立って、私の降りていくのを待っている。困った、とは思ったが、逃げるわけにもいかないから、こちらが声をかけた。

「ごめんなさい。わたしがまちがえたのかしら。ゴミのペイルがどこにあるのか、わからなくて」

ゴミ置場に出るドアは、その階段を降りたところにあった。それを指さして説明しながら、その人は、やさしい声で言った。

「屋根裏部屋の日本の方でしょう。うかがってます。私は妹とふたりでここに住んでますから、いつでもわからないことがあったら……」

こんな地下室に人が住んでる。私はそのことに唖然として、出てきたときのように、そっとドアを閉めて部屋にはいっていく老婦人のうしろ姿を見おくった。

ゴミ置場のドアを開けて、私はもういちどびっくりした。それは、私が一日になんども通る、道路から玄関のドアに通じる階段の下だったからだ。道路と建物のあいだが広々とした溝のような空間になっていて、そこにゴミ置場もあったのだが、家に出入りするときには、足の下がガランドウになっているなど考えてもみなかった。ふと横を見ると、さっきの老婦人が妹さんと住んでいるというフラットの、瀟洒《しょうしゃ》な白いレースのカーテンがかかった、これもイギリスふうに白く塗った窓枠がならんでいた。

思いがけない窓のならんでいるのを見て、私はこどものころ読んだ話を思い出した。キエフだったか古いロシアの町に、靴職人がいた。その男は地下室のような部屋に住んでいたが、場所が場所だし、職業がらもあって、道を通る人たちの靴をいつも注意して見ている。靴から上は見えないのだけれど、靴を見ただけで、男にはそれを履いている人の寿命がすっかりわかってしまう。そんなふうにストーリーが始まるのだったが、こどもの私には地下室なのに、外が見えるというのがわからなかった。いったい、どういう造りになっているのだろう。いろいろ考えをめぐらせたが、日本のそのころの建物からはまったく想像がつかなかった。

ゴミを捨てに降りたとき出会った老婦人が住んでいるという部屋は、まさに、キエフの靴屋さんとおなじような造りにちがいなかった。イギリスでの半地下の部屋というのは、やはり家賃が安いのだろうか。そうだとすると、あの品のいい老婦人が、あの部屋に住むまでには、どういう紆余曲折があったのだろうか。妹さんとふたりでひっそりとお茶など飲みながら、外を通る人たちの靴を見て、彼女がどんな感慨にふけっているのか、屋根裏部屋の私は聞いてみたい気がした。

思い出せなかった話

夫が死んで、一年とちょっとの月日が経っていた。彼が逝ったそのおなじ夏、重病をわずらった母をみとるため、十カ月ほど日本に帰っていたあと、私はもういちどイタリアで暮らしはじめていた。夫のいないミラノは、ふだんよりはやく秋がきたように思えた。

その日、私は、都心から家に帰ろうとして、いつものように35番の市電に乗った。昼さがりで、食事に帰宅する勤め人で電車は混んでいた。

電車が中央市場あとの公園をすこし過ぎたあたりまで来たとき、吊り革につかまってぼんやり外を見ていた私のとなりに来た人が、おくさん、といきなり声をかけてきた。ふりむくと、褪せたような金色の髪をきちんとセットして、すばらしいキャメルのコートを着た恰幅のよい女性が、私の顔をまっすぐにみつめている。四十すぎだろうか、ちょっと目をひくコートだった。あ、このひと、いったいだれだっけ、と思いめぐらすひまもなく、彼女は、ていねいに描いた眉をひそめて、うなるようにいった。ご主人がなくなったんですって。うかがって、びっくりしましたわ。

そもそも、35番の電車というのは、町はずれに建った市営住宅地が終点という、あまりぱっとしない路線だったから、彼女のコートも、品のいい身のこなしも、電車のなかではかなり異質だった。ありがとうございます。とっさに応えながら、電話帳を繰るように、私は夫がつとめていた書店の友人知人の顔をつぎつぎとあたまのなかで思いうかべてみたが、目のまえの彼女はそのどれにもあてはまらない。ずいぶん、とつぜんだったそうですのね。やさしい声で彼女は続けた。

ええ、返事をしながらも、私は、うわの空だった。どこかで会ったことがある、という印象さえもない。いったい、だれだったろう。こうして二、三の停留所を過ぎるあいだ、彼女は心のこもった挨拶をくりかえし、私を力づけ、それじゃあ、といいながら、ほんのりと香水の匂いを残して、グランディ広場で乗客をかきわけて降りて行った。

道ですれちがった人に挨拶されて、相手がだれかわからないことは、都会ではそれほどめずらしくないだろう。私にとっても、その日の出来事は特に変った事件といえるものではなかった。二十数年まえのことで、ミラノ在住の日本人は多くなかったから、私を知っている人のほうが、私が知っている人の数をはるかに超えていた。それでも気にかかったのは、私のからだのどこかに、名も素性もちゃんとおぼえているべきひとだ、という感じがうすい煙のようにたゆたっていたからに違いない。

夜、ベッドに入ってからも、私は彼女のことを考えていた。いったい、だれだったのだろう。あたまのなかのキーがカタカタと音をたてそうなほど考えぬいて、やっと思いついたのが、三月二十二日通りにある薬局のレジ係のリーナだった。彼女に最後に会ったのは、夫が死ぬ前の朝、医師に処方された頓服薬を買いに行ったときだった。そうだ、彼女かもしれない。

三月二十二日通りは、私たちの家からほんの二、三分のところを通る電車道で、リーナがいる薬局は35番の市電が停まる安全地帯のすぐまえにあった。ぴかぴかの真鍮の把手がついた重いドアを押して入ると、マホガニー色のカウンターが目のまえにそびえている。それだけで、客は緊張するのだったが、医者のような白衣を着た、中年をとっくにすぎているらしい、めがねをかけた（それは彼らが近視、あるいは老眼であったということでしかないのだが）けっして笑わぬ薬剤師がふたり、まるで城壁から首を突き出すようにして、その立派なカウンターごしに註文をたずねると、もう客はしんなりするほど気おくれがした。

　謹厳な彼らのかもしだす雰囲気を、和らげるとまではゆかずとも、どうにか辛抱できるものにしていたのが、レジ台のリーナだった。彼女の席は入口のドアの近くにあって、私が入っていくと、かならず、こんにちは、おくさん、とその店ではことさらに乏しかった笑顔で迎えてくれた。薬局に行く用事はめったにしかなかったけれど、いわば近所で少年時代をすごした夫や、その彼と結婚した日本人の私のことを、彼女がなんとなく知っていたとしても、ふしぎではなかった。

　それにしても、たった一年、ミラノを離れていただけで、電車のなかで話しかけられて見分けられないほど忘れるということが、あり得るのだろうか。そういえば、私は毎日、新聞を買いにいったキオスクのおばさんに、家の近くの信号を渡っていて挨拶をされ、はてな、と訝ったことがあった。でもあれは、私がいつも店のなかから応対するおばさんの全身を、かつていちども見たことがなかったからだった。薬局のリーナだって、レジ台を通してのほかは、話したこともない。だが、もうひとつ、難問があった。薬局のリーナとキャメルのコートは、どうやらあまりそぐわないように思えるのだ。この疑問にも、しかし、一度ならず、ミラノの勤労者のだれかれが、ふだんのつましい生活とはうらはらに意外な財産もちだったのを、なにかのきっかけで知って驚かされたという、これまでの経験にもとづいた答えがあった。とにかく、あしたの朝、薬局をもういちどのぞいて、あれがほんとうに彼女だったのかどうか、確かめてみよう。そう考えつくと、私はなんとなく安心して眠ってしまった。

薬局をのぞいたのは何日かあとのことだったが、私は自分の思い違いに啞然とした。レジのリーナは、金髪には相違なかったけれど、キャメル・コートの女性のとりすました感じは微塵もなくて、エラスティック・ストッキングをはいてサンダルをつっかけた太い脚を、レジ台の横からぶらんぶらんさせていた。

いまもって、電車のなかの女性がだれだったか、思い出せない。それでも、目をつぶりさえすれば、夫の死をしんそこ悲しんでくれたあの女性の顔は、くっきり記憶に戻るのだ。

ヤマモトさんの送別会

大阪の釜ヶ崎に近いT町の、廃品回収業者たちが自分で組織した共同体〈早起きの会〉では、その夜も、ヤマモトさんの送別会がひらかれた。「その夜も」というのは、日系アメリカ人二世のヤマモトさんを送る会がひらかれたのは、これで二度目のはずだったからだ。数日後に開催される古着市の準備を終えて共同体で夕食をごちそうになった私は、よかったら、あんたも送別会に出ませんか、とクズ屋さんたちに誘われたのだった。

ヤマモトさんは、キャリフォーニア（彼はけっして、日本ふうに、カリフォルニアなどと発音しなかった）生まれの、ごく通常の中年男性だった。もっとも、〈早起きの会〉（この名称は、むかし、廃品回収の人たちの仕事がおもに〈クズ拾い〉だったころ、早く起きないと、めぼしいクズがなくなってしまう、というところからつけられた）では、共同体のメンバーの過去も素性も、本人が自発的に言い出さないかぎりはこちらから訊ねないのが不文律だったから、本人がキャリフォーニア生まれだといえば、みなもそう信じたし、じじつ、彼が作業場で、出《で》えやん（出物、はこう呼ばれた）の中折れ帽子をななめにかぶって、リンゴの空箱にこしかけ、たばこを吸っていたりすると、だれもが、さすがアメリカ人やな。ヤマモトはん。サマになっとる、と感心した。背がすらりと高いわけでも、とくべつ胴が短いわけでもなく、まして目が青いわけもないのに、ヤマモトはんはどこやらバタくさいなあ、と共同体の人たちはいっせいに思った。私も同感だった。というのも、〈早起きの会〉で、女のボランティアだった私にことばをかけてくれるのは、やはりボランティアの三郎さんをのぞくと、二世のヤマモトさんひとりだったからだ。疲れませんか、とか、暑いですねえ、とまるでイタリアの青年みたいに愛想のいいヤマモトさんに声をかけられると、一瞬、私は大阪にいることを忘れた。

国籍がアメリカ人のヤマモトさんが、どうしてキャリフォーニアのじぶんの農場（彼のおとうさんが、苦労のすえ買った農場だった）にいないで、大阪、それもどちらかというと場末の街で廃品回収業などをしているかについては、だれもつきつめて考えはしなかった。めんどうなことは、考えないほうがよい、というのも、〈早起きの会〉の人たちがだいじに守っている鉄則のひとつだった。災いは、考えないでも火事場の火の粉みたいにつぎつぎと降りかかってきたし、考えて避けられるものでないことは、だれもが痛いほど知っていた。

今夜はヤマモトさんの送別会をしますから、せっかくや、出席してください。新幹線の最終に間に合わんかったら、今晩はここで泊まりはったらよろし。あす朝、大阪駅まではぼくがバンで送りますから。そう三郎さんにいわれたとき、え？　と私は問いかえした。ヤマモトさんの送別会なら、こないだやったんじゃないんですか。

盛大におこなわれたヤマモトさんの送別会のうわさは、ひと月ほどまえに、東京のおなじような共同体を手伝っていた私の耳にもはいっていた。出えやんの（寄付、という言葉を彼らは使わなかった）ビールやウィスキーで大パーティーをやったあげく、翌朝は運転手のタキちゃんが、大得意さんの大企業フミトモのゴミ回収に行けなかったという尾鰭までついていた。

ええ、やりましたとも。ボランティアの三郎さんが、つるっとした顔でうなずくと、にやっとした。何回、やってもええやないですか。みな、送別会が好きですねん。

六時の早い夕食が済んでしまうと、しかし、〈早起きの会〉ぜんたいがしんとなった。ひょっとしたら、三郎さんにからかわれたのではないかと思ったくらい、敷地にただ一本ある、解体したエンジンの油で幹が黒く汚れたアオギリが大きな葉をひろげている中庭からも、もちろん、パーティー会場になるはずの〈娯楽室〉からも、二十人はいるはずのクズ屋さんたちの姿がぜんぶ消えていた。ぼんやり娯楽室でテレビのニュースを見ていると、うしろで、ビールのケースを運転手のタキちゃんといっしょに運びこんでくる三郎さんの声がした。

お風呂、はいりはりましたか。三郎さんが訊いた。みなが消えてしまったわけが、それで了解できた。薪燃料には事欠かない〈早起きの会〉のクズ屋さんたちが、一日でなによりも愉しみにしている、お風呂の時間だったのだ。

てかてかと顔をほてらせたクズ屋さんたちが、十人ほど娯楽室に集まったのは、もう八時近くだった。二十人ぜんぶが出席しないのは、二度目の送別会ということで、もう飽きた人もいるのだった。

とにかく、乾杯をしましょう、と三郎さんが音頭をとった。ヤマモトさん、さようなら。アメリカに帰っても、みなのことを忘れないでね。

私にはずいぶん月並なあいさつに聞こえたが、三郎さんの声には力がこもっていて、クズ屋さんたちは、神妙な顔になった。乾杯が済むと、一同は皿に盛られたピーナッツをさかなに、もうれつな勢いで飲みはじめた。ビールも日本酒もなくて、たちまち空瓶がごろごろところがった。テレビはつけたままだったから、途中からは、送別会には背をむけて、スポーツ番組を見ている人もいた。

こんどは、ヤマモトはん、あんたの番や。ひとしきり飲みおわると、だれかがいった。あいさつ、しなはれ。

日系人二世のヤマモトさんは、中折れ帽子をぽいとほうりだすと、立ち上がった。みなさん。拍手がわいた。でも、ヤマモトさんのあいさつは、それだけで先にいかなかった。なんども、なんども、彼は、きれいな東京弁のアクセントに思いなしか英語の発音がまざった、みなさん、を繰り返し、そのたびに拍手がわいた。

最後にヤマモトさんは、ちょっとキザふうに目をつぶってから、こうあいさつを結んだ。みなさん、いつか、キャリフォーニアのぼくの農場に遊びに来てください。さようなら。あいさつは、それでおしまいだった。

日系アメリカ人二世のヤマモトさんが、心臓発作で急逝したという知らせが東京の共同体にとどいたのは、それからまもなくのことだった。ボランティアの三郎さんは、もしかしたら、彼の病気のことを知っていたのかもしれなかった。

私のなかのナタリア・ギンズブルグ

現代のイタリアを代表する作家のひとり、ナタリア・ギンズブルグの著作にはじめて出会ってから、かれこれ三十年近くなるだろう。『ある家族の会話』と題された、半ば自伝的なその本の存在は、エゴン・シーレの絵をつかった瀟洒なポスターが、当時、私が住んでいたミラノのあちこちの書店の壁を飾りはじめたころから、意識にはあった。しかし、それまでは名を聞いたことのない作家だったから、ポスターの美しさ以外には、とくに自分とつなげて考えることはなかった。ある夜、ポスターとおなじ絵を表紙にした、エイナウディ社のその本を、書店で働いていた夫が家にもって帰ってくれるまでは。

読みだしたとたんに止められなくなり、夢うつつのような気持で一気に読みあげた日々が、つい昨日のように思える。ユダヤ人で著名な医学部教授の父親と、プルーストの好きな母親と、それぞれ個性のつよい五人の兄弟のいる幸福な家庭。そんな家族が、戦争のために、徐々に反ファシズム運動にまきこまれていき、著者自身、夫をナチの手によって惨殺されながらも、友人たちに助けられて戦後の自己再建にいたる、というのが物語のあらすじである。しかし、この本は単なる家族誌におわることなく、戦中、戦後のイタリアの知的荒廃の土壌に、イタリア有数の出版社、エイナウディ社を育てあげた、パヴェーゼやバルボ、ジュリオ・エイナウディらの魅力的な横顔をつたえる、文字で書かれた写真帖でもあり、ひいては当時のイタリアの知識層の精神史でもある。しかも、この基本的には骨っぽい題材を、著者は、おもに自分の家族や友人のあいだでとりかわされ、くりかえされたフレーズや地口を土台にして、一見無防備にみえる文体の、新鮮味にあふれた語りくちで書き綴っている。

この本の爆発的な売行きに気をよくした出版社がまもなく再版した随筆集『小さな徳性』も、彼女の最初の戯曲『愉しいからあなたと結婚したのよ』、そして彼女が訳したプルーストの『スワンの道』までも、つぎつぎと読んだが、いきいきとした彼女の文体に私はいつも魅了されるのだった。それ以来、ナタリア・ギンズブルグの作品は私のなかで、とくべつな場を占めるようになった。そして、私にとって三篇目の彼女の作品を訳了した現在、私のなかのギンズブルグ像は、ようやくひとつの明確なかたちをとりはじめたようである。

『ある家族の会話』(訳としては『家族語録』としたほうが正確)をはじめて読んだときに、私をほとんど狂喜させたのは、著者が自分の家族について書くにあたって、言葉にまつわる思い出を軸に用いるという、手法の斬新さであったとおもう。いつひとりよがりな自伝に堕してもおかしくない危険な素材を用いながら、この手法のおかげで、作品にすこやかな客観性が確保されているのをみて、私はふかく心を動かされた。また、語録をつなげる地の文が、見事であった。文体でないような文体。小説じみた小説を書こうと長年の苦闘をかさねたあげく、じぶんの家族について語ろうとして、おもわず肩の力をぬいたときに、不意に成熟のときを迎えたかのような、一見自然体とみえる文体。

この本を日本語に訳したいと考えたのは、したがって、だれに読ませたいというのでもなかった。むしろ、この作家の言語がなにか私自身のなかにある地下の水脈につながっているという印象がつよくて、読んだ瞬間から私のなかで、すでに翻訳が出来上っているようなのであった。実際に訳したのは、出会いから十六年もたってからで、技術的な困難もさることながら、初めから終りまで、ほとんど愉楽にちかい作業であった。そして、とうとう作者に会う機会を与えられたのは、その時分のことである。

それ以前にも、私はいくつかの小説の翻訳を手がけたが、原則として、作者には会わないことにしていた。というか、会いたくなかったのである。最初、それは確固たる理念があってのことではなく、なにか面映ゆいから、あるいは機会がないからであった。ふつう、作者に会うのは、自分が理解できない箇所について質問したり、作品の背後の事情を探って、そこから文脈の理解を深めるといったことが目的だろう。しかし、「わからない箇所」というのは、くりかえして読みこなせば、かならず文脈のなかで解決がつくものである。そこに、自分なりの解釈がうまれる。それを訳に生かすのが、翻訳者の技倆であり愉しみなのだ。また、作者に会うことによって生じる個人的な感情や、精神的負担がある。それに、作者の助言や説明はかならずしも的確であるという保証もない。だから、作者にはできることなら、会わないほうが楽なのだ。

ところが、実際にはなかなかそうはいかない。その人ならよく知っているから紹介しましょう、といわれると、私のなかの読者としての好奇心、そして一種の功名心のようなものに誘われて、つい会ってしまう。また、翻訳権の関係で、会っておかないと、まとまる話がまとまらない場合もある。私がナタリア・ギンズブルグに会うことになったのは、この二つの理由がそろってしまったからであった。

そのきっかけを作ってくれたのは、長年つきあいのあるローマの友人フィロメナ・Lを、ヴィア・ナツィオナーレの家に訪ねたときのことであった。いまどんな仕事をしているの、と彼女に聞かれて、『ある家族の会話』をオリヴェッティの広報誌のために翻訳することになったと言うと、とっさに戻ってきたのが、あら、ナタリアはわたしのいとこなのよ、というフィロメナの言葉だった。会いたかったら、うちでディナーをしてあげる、というフィロメナの提案に、私はとびついてしまった。

私は、ローマの都心に広壮なアパルトマンを構え、弁護士だかの夫をもつ旧友のフィロメナが、単にブルジョワ夫人であるだけでなく、思いがけなくも、ちょっとした文学者の家系に属していることを知った。外国人というものが、どれほどその国のこまかい人脈や、ひだのような部分にうといかの見本のような話だが、個人的にずっとつきあってきたフィロメナの家系についてなど、私はそれまでついぞ考えたことがなかったのである。著名な演劇史家だったシルヴィオ・ダミーコが彼女の伯父とかで、彼女の実家は、文学関係の係累がひしめいていた。ナタリア・ギンズブルグの亡くなった二番目の夫で英文学者だったガブリエーレ・バルディーニがフィロメナのいとこなのだという。そのバルディーニの父親のアントニオもまた、二十世紀前半に文芸評論や軽やかな文体をもてはやされた随筆で世を風靡した。さらに食卓で顔をあわせた、やはりフィロメナのいとこにあたるマソリーノ・ダミーコ氏も名の通った文芸評論家であり、その小柄で魅力的な夫人は、文豪ピランデッロの孫だといって、私をあきれさせた。

L家のディナーの食卓というのは、しかし、はじめて私がナタリア・ギンズブルグに会う場としてはかなり不釣合に思えた。フィロメナと私はそれまで文学のことなど話したことがなかったし、きらきらとかがやくクリスタルや銀器、白い手袋で給仕する召使、壁を飾る古めかしい絵画などが、いかにも会話の重荷になりそうに思えたからである。しかし、すべては杞憂で、きらびやかな食卓はまたたく間に無視され、私はナタリアが谷崎潤一郎の作品や源氏物語の翻訳を通して、日本文学についてかなり的確な意見をもっていることを発見し、仕事とかで遅れてきたダミーコ氏をもまじえて、それはそれで楽しいサロンの雰囲気を満喫できたのである。ナタリア・ギンズブルグは、たしか絹っぽいツーピースという服装で、予期していたよりもずっとシックで、社交的にみえた。自分の作品が外国語に訳されるのはうれしいけれど、『ある家族の会話』にかぎって言うと、家族の口ぐせなどが出てくるので、ひどく訳しにくいのではないかしら、と危惧を示し、その場では、たぶん大丈夫ですなどと宣言してしまった私だったが、いざ訳す段になってみると、何度となく彼女の言葉に思いあたるのだった。

二度目にナタリアと会ったのは、その数年後だったとおもう。こんどは彼女の『マンゾーニ家の人々』を訳すことになったので、版権のことで、会わなければならなかった。今度は直接、カンポ・マルツィオという、パンテオンの裏で、古いローマのもっとも魅力的な界隈にある彼女の家に招待された。

最近のニューヨーク・タイムズ・マガジンにメァリー・ゴードンというアメリカの作家が、ナタリア・ギンズブルグの訪問記をのせているが、そのなかに、ナタリアが、外で食事に招きたいのだけれど、一度うちに帰ってしまうと、またあの階段をえんえんと昇り降りする勇気がないからと言って、外出さきから電話をかけてきたという話があった。そのとおり、その日、彼女の家で昼食に招待されていた私は、エレベーターのない古めかしい邸の六階だったかの階段をのぼりつめると、息がきれて、ようやくたどりついた彼女の家のベルを鳴らすまで、しばらく呼吸をととのえなければならないほどだった。ローマの古い邸の一階は、最近の日本の建物ならゆうに二階分の高さはあるので、これを昇り降りするのは、ほんとうに息のきれる仕事なのである。

メァリー・ゴードンは、おなじ文章のなかで、ナタリアの容貌についてのべ、とても、ヨーロッパ人とは思えない、インディオかインカの顔だと書いているのを読んで、私はあっと思った。というのも、私は、ナタリアの大きい造作の容貌が、一般に女性的として肯定的に評価される種類のものではないことと同時に、それと対するときに感じる、するどい知性と深い安堵感について、どのように表現すればよいのか、解決のつかぬままにこれに触れることをずっと避けてきたからであった。ゴードンがあっさり人種的特徴で解決しているのを読んで、かなり度肝をぬかれたし、不満でもあった。内面の充実が、容貌だけにとどまらず動作のすべてを支配しているような、それでいて、どこかとまどったような、はにかんだようなところのある彼女の魅力をまず語らないゴードンに私は不服だった。しかし、おなじ記事のなかで、彼女が（これは当っている）指摘している、パゾリーニの監督した映画『奇跡の丘』に端役で出演しているナタリアは、ほんとうに優しくて、深くて、美しい。

ナタリアの亡くなった夫君ガブリエーレ・バルディーニのお父さんのだったという、中二階にあがる美しい木のてすりのついた階段が部屋の中にある、居間というよりは読書室と呼びたいような、本棚にかこまれた広壮な部屋にとおされ、（ドアを開けてくれたお手伝いさんのうしろからナタリアは出てきて私を招じいれてくれた）、チャーコール・グレーの毛糸編みのカーディガンと木綿のブラウス、紺のウールのスカートというでたちの彼女と向きあってすわった私は、先年フィロメナのところで会ったときのような、社交界むきのナタリアとちがって、もともと想像したとおりだと思えて、ひどく安心したのだった。もう一度、メァリー・ゴードンをひきあいにだすと、彼女はナタリアのこの服装をなにかみすぼらしいように書いているのだが、私の見たところでは、どれもとびきり上等の素材のものであり、そのことについても、私は安心したのである。（北イタリアの、エリートの女性たちは、よくこのように、地味で、上質で、いかにも洗練された服装をしている。ゴードンのナタリア観には、腑におちないことが多い）

その日、ナタリアが話してくれたことのなかで、いちばん記憶にのこっているのは、私たちの横でソファにねそべっている巨大な猫についてであった。それは、現代イタリアの代表的な作家として、ナタリアといっしょに（まず女性だということで）しばしばひきあいに出されるエルサ・モランテがつい最近まで飼っていた猫なのだった。モランテの没後まもなく、ナタリアがひきとったのだという。かつてモラヴィア夫人でもあった晩年のモランテとナタリアは親しい間柄だったらしい。だが、私がもっとも驚いたのは、この大猫の名であった。ココロだという。それもモランテが漱石の『こころ』を読んでそれがたいへん気にいり、ネコにココロという名をつけたという話だった。目をつぶって聞いているような巨大なココロをまえにして、私たちは、モランテや、漱石の作品について話した。私が訳すことになっていた『マンゾーニ家の人々』は、十九世紀の文豪アレッサンドロ・マンゾーニの生涯を、その家族、とくに女性たちがとりかわした書簡を軸に構成するという、これも斬新な手法が注目をあつめた厖大な小説である。書簡が主体となっているから、ナタリアの本領といえる軽妙なリズムや語り口の妙味を満喫するという作品ではない。しかし、個々の出来事にほとんど作者自身の意見をさしはさまないままに、作品全体によって淡々と、明確にこれを語らせた、一種の沈黙の文体とでもいいたいような、これまでに比べて一段と骨太な作風に加えて、文豪の娘たちの手紙の哀しさ、やさしさが翻訳への意欲をそそった。マンゾーニ自身が日本で知られていないことをあげて、ナタリアは、売れるのかしら、と心配そうだった。

三度目に私がギンズブルグに会ったのは、今年の二月のことである。こんどは、『丘の家・都会の家』という作品の翻訳権の問題があった。この本は、これまでに私が手がけた彼女の作品のなかでは、もっとも小説らしい小説で、学生運動に青春を燃やした世代の人々の二十年後の話である。ここでもギンズブルグは、友人たちが交わす手紙を用いて、いまは崩壊した、あるいは崩壊の危機に瀕した家庭を背景にもつふたりの男女が、昔の仲間たちと文通しあいながら、それぞれが灰色の日常に慣らされていく過程をえがいているが、舵をうしなって漂流するボートのような、中年の主人公たちの徒労に似た哀れさが感動をさそう。この作品は、前作『親愛なるミケーレ』の流れを汲んでいて、こちらは運動のなかで非合理な死をむかえる青年を、彼を愛しながら彼のためになにもできなかった家族や友人たちの手紙をとおして描いた傑作である。

明日、ギンズブルグに会うという日に、ひとりの友人が、新聞の切抜きと本を一冊もってきてくれた。『セレーナ・クルスについての本当の話』と題された新書判、百ページたらずの小さな本で、ギンズブルグの最新作だという(事実、その日書店に出たばかりだった)。新聞の切抜きは、この本について、その夜、ギンズブルグがテレビで対談することを報じていた。友人の話と、私がその夜(テレビのないままに)読みおえた本をまとめると、こうなる。セレーナ・クルスというのは当時三歳のフィリッピン人の孤児で、こどものない、ある北イタリアの国営鉄道の職員夫婦がひきとって、養子にした。夫のほうが仕事をやすんでマニラの施設に行き、そこに収容されていた小さいセレーナに会って、どうしてもこの子を自分たちが育てたいと思う。ところが、マニラでは人身売買を恐れて、最近、法律がかわり、外国人と養子縁組をむすぶ場合、養い親はすくなくとも六カ月、フィリッピンに滞在しなければならない。しかし、国営鉄道の職員の身分では、とてもそれだけの休暇をとるわけにはいかず、彼はなんだったか非合法の申告をして、その子をイタリアに連れてかえったのだった。

セレーナは、幼時に虐待をうけて神経的に問題のある子で、夫婦はたいへんな苦労をして、毎夜うなされて泣き叫ぶこの子の面倒をみるが、非合法の手続きのことがなぜか発覚して、セレーナは、ちょっと連れてくるようにといわれた近所の保育園の裏口から、社会福祉委員に連れ去られて、新規の（伝え聞くところによると、もっと裕福な）養父母にあずけられたのだった。この問題は、昨年の春から夏にかけて、イタリアの新聞の社会欄を賑わせ、鉄道員の養父母を弁護する一般の人々と、福祉委員の勇気ある法の遵守をたたえる裁判官が対立して、激論をたたかわせた。それをみて、黙っていられなかったので、この本を書いた、とギンズブルグは序文で述べている。人間の根源的な尊厳を無視する法精神など、なんだろう。おそらくは嫉妬ゆえの告げ口を法律の遵守につなげた福祉委員のあさはかな判断にたいして、彼女は嘆きと怒りの声をあげている。

しかし、この本は、私をとまどわせた。題材がいかにも生々しすぎるのである。だまし舟という、おりがみの遊びがある。紙で折った帆かけ舟の、帆でも舳先でもすきなところをつまんでごらん、いいかい、目をつぶって、といわれる。いっしょうけんめい、目をつぶって、はい、あけてもいいよ、見てごらん、といわれて目をひらくと、自分が帆と信じてつまんでいた部分が、しらぬまに舳先になったり艫になったりしている。上手な比喩ではないが、私はこの本を読んで、これまでこうと信じていたギンズブルグが、不意に思いがけない、別の顔を見せたように思った。

それと同時に思いだしたのは、戦中戦後のフランスやイタリアの文壇をにぎわした、社会参加の文学と呼ばれたジャンルのことだった。平和だ、平和だとうかれている今日の社会が、人間が、われわれの知らないところで腐敗し、溶解しはじめているとしたら、それは戦争で人を殺していたときと、おなじくらい、もしかしたら目に見えないだけもっと、恐ろしいことなのではないか。そんなことへの警鐘をギンズブルグは鳴らしているのではないか。今日の世界は、もしかすると、あの頃とおなじくらい、危機的なのかもしれない。これは、彼女なりの抵抗の表現にちがいない。ふと、私は、ナタリアがこれを書きながら、ナチの牢獄で惨殺された夫のレオーネ・ギンズブルグのことを考えていたのではないかと思った。それでも、と私は思った、どうして、それを文学のなかで捉えてくれなかったのか。それとも、時間はそれほど逼迫しているのだろうか。

カンポ・マルツィオの彼女のアパルトマンを二度目にたずねたその日は、前夜のテレビ放送のあとで、二人で話すあいだに、何度も電話がかかった。ネコのココロは、先年よりももっと巨大になっていて、しかも毛のぬける時期らしく、ソファにも、ナタリアのカーディガンにもうすいグレーのやわらかい毛がついていた。セレーナ・クルスの話から、時代への危機感の話になり、これまで私があまり触れたくなかった、上院議員としての彼女の立場についても話しあった。やがて話題は、まえよりは年とって動作のにぶくなったココロに移り、そしてココロのもとの主人だった、モランテの初期の作品に移った。『虚偽と奸策』をナタリアは、現代イタリアを代表する重要な作品だと評し、私はやっぱり文学を語るギンズブルグのほうが安心できる、と思いながら耳を傾けた。

もう一度、ながい階段を降りて、賑やかなカンポ・マルツィオの通りにでると、二月にしては強すぎる太陽の光がいっぱいに降りそそいでいた。そのなかを、パンテオンのほうに向って歩きながら、かつてのプルーストの翻訳者が、社会参加の本を書いてしまったことについて、私は考えをまとめかねていた。ずっと以前、友人の修道士が、宗教家にとってこわい誘惑のひとつは、社会にとってすぐに有益な人間になりたいとする欲望だと言っていたのを、私は思い出した。文学にとっても似たことが言えるのではないか。やはり、翻訳者は著者に近づきすぎてはいけないのかもしれない。彼女には彼女の生き方があるのだし、私が訳していることとは、関係があるような、ないような、だ。しばらくは、ナタリア・ギンズブルグに、会わないほうがいいのかもしれない。

Ⅱ

フィレンツェ　急がないで、歩く、街。

その冬、私はフィレンツェの国立図書館に通う仕事があった。毎朝、アルノ川の対岸から、橋をわたって、いつまでも溶けない雪の道を、三十分ほど歩いた。雪は、たくさんつもっていたのではなかったけれど、かちかちに凍っていたから、すべらないように、たえず足もとに注意しなければ危なかった。身を切るような山おろしが吹く朝もあった。それでも私は、ときどき立ち止まっては、アルノ川の景色にみとれた。

はじめてフィレンツェを訪れたのは、もう四十年ちかくまえのことになる。いまは、三年に一度ぐらいの割合で行くが、いつのころからか私は、フィレンツェの街を、ただ用もなく歩くのがすきになった。街を、それも旧市街を、ただ、歩く。できれば、急がないで、歩く。でも、漫然、というのとはちょっと違って、両側の店なんかを見ながら、歩く。目的地はあるけれど、急ぐほどではない、というくらいが、理想的かもしれない。たとえ有名な建物がその道になくてもいい。家々が、家並が、いろいろなことを語りかけてくれる。ひょいと入った裏通りにならんだ、家具の修理工房。職人さんが、白くなった安全靴をはいて、仕事をしている。若い見習いが、カの発音ができなくて、ハと言ってしまうフィレンツェ弁で、親分にどなりとばされている。あたりはニスやら絵具やらの匂いでいっぱい。

なんどもおなじ通りを歩くうちに、だんだん、建物のつくられた時代までが、すこしずつわかるようになり、この建物は、むこう側のあれよりも、ルネサンス度が純粋だ、というふうな判断がうまれてくる。やがて、どの道の、どの建物がいい、というふうになり、フィレンツェに行ったときには、またひとりでそれを見に行く。

はじめてのとき以来、フィレンツェには、ちょっと数えきれないほど行きながら、こんなのんきな見方をしているものだから、熱心な旅行者ならだれでも知っている、というようなものを、すべて見たという自信は、まったくない。いっぱい、見おとしたもの、訪ねおとしたものが、きっと山ほどあるだろう。

この方法は、また、ひどく時間がかかるから、現代むきではないかもしれない。でも、フィレンツェがつくられたころ、人々はゆっくり考えてものをつくっていたということを、忘れないほうが、いいのではないか。
このごろになって、やっと、私は、たとえばフィレンツェ・ルネサンスの建築への理解が、少しだけ身についてきたように思える。以前、本でなんど読んでもわからなかったことが、変な言い方だが、自分のからだの一部になってきたような気がする。その建物の前、あるいは横に立ったとき、ああ、ルネサンス建築とはこういうことだったのか、と感慨をおぼえる。その時点で、私は、もういちど、本を読む。すると、書いてあることが、ふしぎに立体感をもって、あたまに入る。こうなったら、私とその建物のあいだには、もうだれも入れない。われながら、ずいぶん、時間のかかる勉強の仕方だったと思うけれど、私にとっては、これしかなかった。全体を攻めないと部分がわからなかった。

ルネサンスの文学作品を読むとき、ふと、フィレンツェの道路や建築から教えられた感覚がよみがえることがある。それまで見えなかったものが、見えるようになり、それまで何度も読んでいたものが、まったくあたらしい本、まったくあたらしい文章にみえてくる。文章というのは、かなりそれが書かれた時代に似ているものである。

内容だけでなくて、文の組みたて具合、といったものが、同時代の建物や道路の配置によく似ていることがある。わざと、それに反対して、つくられていることもあるが。

はじめてのフィレンツェ行きは、パリの学生の団体旅行だったから、夜は安くて門限のきびしい修道院にとまって、お仕着せの場所を見てまわるだけ。フランスの学生といっしょの旅行だから、案内をしてもらうのも、フランス語で、聞きとれないことも多かった。ミケランジェロもボッティチェッリも、色とりどりのリボンの箱をざっと目のまえに空けられた感じで、いま考えると、ただ驚いただけだった。要するに、ほとんどなにもわからなかった。

ただ、ピッティ宮殿の裏の、かなり急な勾配につくられたボボリ庭園に魅せられた。パリでフランス語の発音になやまされていた私は、ボボリ、ということばの響きにまでも、びっくりするような鷹揚さ、なつかしさを感じた。何年か経って、自分はどうしてもイタリアだと思って、その国に没頭してしまったのも、あの辺に原点があったのかもしれない。

ヴェルサイユやパリのチュイルリーの庭園なども、イタリア式と呼ばれるのだから、そして、設計者はたぶんイタリア人だったのだから、根本的な違いはないはずなのに、ボボリの庭をみて、あっと思った。本家本元の鷹揚さというのだろうか。フランスで見たイタリア式庭園にくらべて、どこかとてつもなく自由で闊達なのだ。定規や機械で引いた線ではなくて、この国の人たちのからだに組みこまれている、立体性への自然な感覚が、この庭をつかさどっているように思えた。そのあと行ったローマの、古代の水道のアーチとおなじ種類の立体感が、庭に生かされているのを見て、この国をもっと知りたいと思った。

パリの合理性(合理性は知性のほんの一面でしかない)に息がつまりそうになっていた自分には、イタリアの包容力がたのもしかった。なにも、かたくなることはないのだ。そう思うと、視界がすっとひらけた気がした。

美術館や展覧会に行くと、あ、これはほしい、うちに持ってかえりたい、と思う作品をさがして、遊ぶことがある。見る焦点が定まっておもしろい。街中が美術館みたいなフィレンツェには、「持って帰りたい」ものが山ほどあるが、どうぞお選びください、と言われたら、まず、ボボリの庭園と、ついでにピッティ宮殿。絵画ではブランカッチ礼拝堂の、マザッチオの楽園追放と、サン・マルコ修道院のフラ・アンジェリコすべて。それから、このところ定宿にしている、「眺めのいい」都心のペンションのテラス。もちろん、フィエゾレの丘を見晴らす眺めもいっしょに。夕焼けのなかで、丘にひとつひとつ明かりがついていく。そして、最後には、何世紀ものいじわるな知恵がいっぱいつまった、早口のフィレンツェ言葉と、あの冬、雪の朝、国立図書館のまえを流れていた、北風のなかのアルノ川の風景。

ジェノワという町

イタリアのジェノワは、いうまでもないが、古くから栄えた地中海の港町で、神戸とおなじように、すぐうしろが山になった美しい町である。日本では、ふつう、ジェノヴァと表記されるが、「ヴァ」と書くと、英語風の重い音になるので、私はイタリア人の発音により近いジェノワと書くことにしている。戦前にこの地を訪れた父などは、ゼノアと呼んでいたように思う。近年、海運がむかしほどさかんでなくなって、すこしさびれたという人もあるけれど、ブルージーンズのジーンズは、ジェノワのフランス語読み、ジェーヌが語源で、「ジェノワ綿布」を意味し、むかし、ジェノワからアメリカに輸出された木綿地だったということからもわかるように、ヨーロッパ人にとっては、ふるい、なつかしい港のひとつである。

そのジェノワは、一九五四年の夏の日に、パリに留学する途上、私が最初に着いたヨーロッパの町である。神戸から船に乗って四十日目だったから、ああ、とうとうヨーロッパに来たという、一歩一歩、地面を踏むのがもったいないような、ほとんど目をつぶりたくなるような気分の高揚を覚えた。ながい航海のあと、もうしばらくは見たくない気持の海を見下ろすホテルの清潔なシングル・ルームで、その夜、すっぽりとからだを包んでくれた白い麻のシーツが、ずいぶん遠くに来てしまったという思いを、ひしひしと伝えてくれた。二十時間たらずの滞在だったが、あちこちと案内された風のつよい街角の、目まぐるしい記憶だけが残っている。

それから、また、のちに夫となる人にはじめて会ったのも、この坂の多い港町でだった。最初に上陸したときから、六年経っていて、ローマに住んでいた私は、海沿いに走る汽車に乗って、ジェノワに行った。三日ほど滞在したが、裕福な知人の別荘に泊めてもらっての三日だったし、相客がみな、ミラノから来たイタリア人だったから、町の見物をするということもなく、それに、客のなかに、政治的な理由でミラノを、いわば所払いになって、当時、イギリスに亡命していた人物がいたので、みなで出かけるというムードでもなかった。その人は、ミラノには入れないが、ジェノワなら来てもいいのだと聞かされて、都市国家の伝統だろうかと、ふしぎに思った。彼をかこんで、熱のこもった相互の近況報告がされるのを、私は、よく事情がのみこめない傍観者の顔で、耳をかたむけていた。秘密めいた彼らの会話に、なにか「ごっこ」もどきの、愉しんでる、というような空気を感じてしまったのは、まったくの部外者、他国ものだった私の無責任ゆえだったろうか。夫になる人は、わらって、みなの話を聞いているだけだった。

ミラノに住むようになってから、ジェノワの友人が主宰していた文化センターのようなところで話をしろといわれて、また、出かけた。こんどの汽車は、いちめんにひろがる水田のあいだを抜けて走った。講演をする夜まで時間があって、ヴァクエルという小説家の家に、友人がつれていってくれた。はじめての作品が、当時は第一級の文芸出版社だったボンピアーニから出たばかりの作家だったが、二十代の私には、かなりな老人に見えた。しずかな人で、ことばを大事にえらんで話すのが、印象にのこった。なんでも、昼間は郵船会社につとめているとかで、エレベーターのない、質素な彼の家の階段をのぼっていくと、ずっと下の階から、彼の打つタイプライターの音が、雨のように聞こえたのを覚えている。

翌日、めずらしい映画を上映するから、もう一晩泊まっていけよと、友人にすすめられ、当時、まったく知られてなかった、エルマンノ・オルミ監督の（日本では、彼の『木靴の樹』という映画がいちばん知られている）処女作品を観た。それまではドキュメンタリーばかり撮っていたということだったが、『時間は停止した』という題名のそっけなさも、老人と若者の対話という、めりはりがあるような、ないようなストーリーの展開も、ネオ・レアリズモの感傷に少々、飽きていた目には、おもいがけなく新鮮で好もしかった。オルミはその後、有名になったが、無名の彼を全面的に推していた友人の名は、近年、新聞でも雑誌でも、見なくなった。

さらに、何年か経って、エウジェニオ・モンターレという一八九六年生まれの詩人の、「アルセニオ」という詩のなかで、また、ジェノワにめぐりあった。つむじ風がほこりを舞いあがらせ、雨が叩きつけるかと思うと、また日が照る、そんな天候のなかを、アルセニオという正体不明の人物が、海のみえる坂道を降りてくる、ほとんどそれだけでできた作品である。晦渋とか、難解とかいわれるこの詩は、何度読んでも、構文がうまくつながらなかったり、隠喩がもうひとつ理解できなかったりするのだけれど、それでいて、詩ぜんたいのもつ性急なリズムが、風に逆らって坂を降りてくるアルセニオの不安を象徴するようで、読んでいて、息ぐるしくなる。ほとんどの詩行が、故意にすわりのわるいことばで閉じられることで、このリズムは造られている。私が着いた日のジェノワも、あらしが去ったばかりで、道路のあちこちに、青い夏空をうつす水たまりがあった。海にむかって降りる坂の町が、ジェノワだとは、どこにも書いてないのだが、私はさっさと、そう決めてしまった。

近年イタリアで版をかさねているアントニオ・タブッキの『うっすらとした水平線』という小説を読んで、私は、また、自分がはじめてジェノワに上陸した、風のつよい日を思い出した。この作品にも、背景となる町が、ジェノワだとは書いてないのだが、この港町を象徴する記号がふんだんにばらまかれていて、一度でもこの町に行ったことのある人間には、それと知れる。それなのに、この春、作者のタブッキに会ったとき、あれはジェノワですね、と言ったら、彼は、え、わかりましたかと、意外そうな顔をした。遠い国から来た人間にはわからないだろうと、思っていたのだろうか。作品の背後にモンターレを感じるというと、その通り、という答えだった。日本に帰ってから、モンターレの「アルセニオ」をもう一度、読みなおしたら、背景だけでなく、この詩のなかの語彙が、『うっすらとした水平線』のあちこちにばらまかれているのを知って、こんどはこちらが驚いた。

ゲットのことなど　ローマからの手紙

お手紙ありがとうございました。ローマに来てもう二か月ちょっと、あと、三週間ほどで東京と思うと、一瞬、一瞬が惜しまれます。何年ぶりかの雪が降ったり、零下六度の朝があったりした一月から、もう街角に藤の花が咲きそろった四月初旬まで、冬から春にかけてのローマのさまざまな表情を、順々に読みとることができました。

大学での講義も三月いっぱいでまず終ったので、このごろはなにかの用で出かけるときは、なるべく寄り道をして、ローマの旧市街を歩くようにしています。三十年まえ、学生でこのまちにいたころは、通学のための道すじでしかなかった、あちこちの街角が、いまはさまざまな人生の軌跡を示してくれて、私の足をとめさせます。

昨日はゲットを歩いてきました。現在でもこう呼ばれているこの地区は、もともと、テヴェレ川の向う岸に住んでいたユダヤ人たちが、中世に洪水を逃れて棲みついたのが起源だそうです。それが十六世紀になって反宗教改革の時代、宗教裁判でも悪名たかいパオロ四世というナポリ人の教皇が（どうしてか、私の読んだ資料には、この残忍な教皇について語るとき、かならずこの《ナポリ人の》という形容詞がついていました）、この地区を城壁で囲んで、門をもうけ、ユダヤ人が自由に出入りできないようにしてしまったようです。その地区が「ゲット」と呼ばれるようになったのですが、最初ヴェネツィアで用いられたという以外、この言葉の語源についてはまだ明確な説明はありません。城壁が撤去されたのはやっと十九世紀になってからで、ユダヤ人たちは、それまでずっと、このそとには住めなかっただけでなく、時代によっては、黄色い服を着せられたり、胸に刺繡で印をつけさせられたりしたようです。いまでも、この地区に行くと、（土地が限られていたために）中世の建物にしては例外的に背の高い家々や、やっと一人通れるくらいの細い路地が残っています。

何時間か歩きまわって、疲れはてて家に戻って、偶然、読んだのが、エルサ・モランテのゲットの少女を描いた短編でした。世界が、こちらの知らぬ間に、足もとのモグラの穴のように、網の目につながっているような気がしました。「灯明どろぼう」という題のその短編は、足腰の不自由なおばあさんの守りをまかされて、外出させてもらえないゲットの少女が、窓から見た世間のさまざまな出来事を、「わたし」の追憶として語っているものです。親たちが出かけてしまったある夜、おばあさんが寝たあと、じぶんも寝ようとして、少女は、いつものように、家のすぐ前にあるシナゴーグの天窓に目をやります。そこには、信徒たちの寄付による、死者の霊をとむらうための小さな灯明が天井にならんで吊るされているのです。死者たちの安泰を保証する灯明。少女はふしぎな血のつながりを、小さな炎のゆらめきに感じています。ところが、その夜、少女の目のまえで、それらの灯明が、ひとつ、ひとつと消えていくのです。

少女は息をつめて、闇のなかに消えていく灯明を見まもります。この世と死者たちの世界をつなぐ橋が、だれかの手で、むざんに破壊されていく。じつは貪欲な堂守が、油のうわまえをはねるために、夜が更けると灯明を消していたのでした。「だれにも言うんじゃないよ」揺り起こされたおばあさんは孫にさとします。「あの男だって、たくさんの子をかかえてたいへんなんだから。神様はちゃんと見ておいでになる」ほどなく、堂守は重い病気にかかり、痛みのため言葉にならない叫びを路地にひびかせたあげく死んでしまいます。これが天罰というものだろうか、いまはもう、しずかになった路地をながめながら、少女は言い知れぬ恐怖にとりつかれます。

ひとつ、またひとつと消えていく灯明を窓から見ている少女の恐怖が、暗い流れのように伝わってくる、いい作品でした。エルサ・モランテは（彼女の代表作のいくつかがこれまでに翻訳されているにもかかわらず）日本ではあまり知られていませんが、おそらくは今世紀のイタリアでもっとも個性的で魅力のある作家のひとりです。数年まえにかなりの年齢で亡くなりましたが、若いころは、昨年八十二歳で亡くなった小説家アルベルト・モラヴィアの夫人でもありました。

モランテといえば、三月三十一日、復活祭の日に、彼女の主要な作品を英訳したウイリアム・ウィーヴァー氏（彼は、モランテだけでなく、アメリカではイタリア文学の翻訳者として有名で、エーコの『薔薇の名前』と『フーコーの振子』の翻訳で今年の米国ペン・クラブ賞を受けるはずです）のトスカーナの家に、友人たちと招待されて行きました。

ローマから車で約三時間、アレッツォに近い丘のうえの村落から、さらに人気のない道を何キロか行ったところの林のなかに建った、瀟洒なカントリー・ハウスでした。遠い平野をのぞむ傾斜した庭の芝生のあちこちには、色とりどりのアネモネが、太陽をいっぱい受けて咲いていました。六十七歳のウィーヴァー氏は、モランテとも、モラヴィアとも、そして先年亡くなったイタロ・カルヴィーノとも、また、やはり故人になったパゾリーニ（こう書いてみると、イタリアでも、文学史上の大きな名がこのところ大幅に替ったという感慨をもちます）とも、親交といってよいつきあいをもっていた人で、彼からこの人たちについての話を聞くのは、ちょっとしたお伽ばなしのように愉しいのです。すばらしいお天気なのに、まだ肌ざむくて、壁という壁が本でうずまった広いサロンの暖炉には、大きな薪が音をたてて燃えていました。その火のそばで、その日も私たちは、彼のおしゃべりに耳を傾けました。その少しまえに、モランテの伝記を本屋で見たけれど、とだれかが言ったのをきっかけに、話題はモランテにおよびました。「エルサの伝記を書くなんて、たいへんな仕事だったろう」とウィーヴァー氏が言いました。「もっとも、本気で書いた本だったらの話だけれど。エルサはすごいうそつきだったから。彼女の話は、たいていほんとうで始まって、うそで終ってた。いったん話しはじめると、友人のエルサは、たちまち、小説家のエルサになってしまった」うそつきのエルサ。それは、私たちが今日急速に失いつつある、語りへの熱意と才能のかたまりだったモランテのある一面を、いきいきと伝える表現でした。

　モランテの作品は、魅力的だと申しましたが、彼女の代表作といわれる作品の多くが少年と母親のほとんど近親相姦的な心理を、象徴的に描いたものです。ただ、ときに隠喩があまりにも生々しいことがあり、私を当惑させます。アンナ・マニャーニという女優がいましたが、なにか彼女の演じる母親にも似た、一種のどすぐろさを、私はモランテの作品に感じて、辟易してしまうのです。それでいて、ほうっておけない、読んでみたい、そんな作家です。出世作で一九四八年に書いた『虚偽と魔術』という小説を、ナタリア・ギンズブルグはモランテの傑作だと言っていますが、はずかしいけれど、私は七〇〇ページという厖大な量に圧倒されて、まだ読んでいません。ただ、彼女のもうひとつの傑作といわれる『歴史』は、息つくひまもないように読んだのを憶えています。これも六〇〇ページ余の長編、ドイツ兵に犯された、まずしい小学校の女教師が、その結果生まれた男の子を戦争と戦後の混乱のなかで育てていく話で、一九四〇年代のローマを背景にいきいきと描かれています。日本語でもたしか抄訳が出ていますが、残念ながらあまり話題になりませんでした。この小説のなかにも、ナチの軍隊に狩り出されたローマのユダヤ人たちが、駅に停まった貨車につぎつぎに乗せられていくのを主人公が目撃する場面があって、いまでも、私は終着駅の周辺を通ると、それを思いだします。『歴史』という題名が、多くを語っているように、地位もお金もない、政治思想とも関係のなかった、ひとりの女性が、戦中戦後の混乱の時代を、どのように生きたか、生きなければならなかったかを、モランテらしい、あたたかい筆致で述べた、感動的な作品です。

なにも社会派ぶるわけではないのですけれど、今回の滞在では、この都市を永遠の都と呼ばせてきた、カエサルたちの権力と栄光、教会の権力と栄光のローマよりも、なにか暗いゲットに、そして「じっと耐えて」きた、ローマの庶民といわれる人たちに、つよく惹かれました。学生時代に二年間ここに暮らしたときはもちろん、その後なんどかの旅で訪れたときも、ひとつには、これほど歩きまわる時間を持たなかったのと、「生活」を持たなかったためでしょう。こんどほど、この人々に親しみを覚えたことはないように思います。いわゆる「職人」というすじの人たち、それは、壁ぎわに古靴を積みあげたほこりっぽい店で靴の修繕をしているおじさんだったり、「もと大通りにあった《かけはぎ屋》はこちら」と貼紙のある店で、服の寸法なおしをしてくれる足のわるいおばさんだったり、右手で切り売りのピッツァを包んでくれるあいだ、左手の指をそろばんの玉のように宙に走らせて値段を勘定するピッツァ屋のお兄さんだったりするわけですが、仕事をたのんだり、ピッツァをならんで買ったりするときに、はじめの不機嫌そうな表情からは思いもかけない、あたたかい笑顔を、何度目かに店に行ったときに、ふと、ひらいてくれるのを経験しました。表面のぶっきらぼうは、二千年のむかしから、あらゆる権力に搾取され続けてきたローマの庶民の自己防衛の表現なのかも知れません。ごつい腕と、繊細な指先をもったこの人たちが底辺でがっちり支えてきたヨーロッパというようなことも考えさせられました。天井の高い、せまい道路に面した工房で、時代物の家具を修繕する職人もたくさん見かけましたが、おが屑だらけ、塗料まみれで、黙々と仕事にうちこんでいるこの人たちに、理由のさだかでない親しみを感じ覚えます。

そう言えば、むかし学生だったころ、ある日本美術の展覧会がローマのヴェネツィア宮殿でひらかれて、その準備作業の通訳にアルバイトでやとわれたことがありました。搬入と展示の仕事でくたくたになった最終日、作業にたずさわっていた、むくつけきおじさんたちが、私たち留学生の何人かを、今晩、仕事納めを祝ってローマ名物の仔羊料理の会食をするから、参加しないかと言ってくれました。結局は仲間の意見がまとまらないままに、私たちは招待を断ったのですが、ずっとあとになってから、ローマの職人さんたちは、ふだんから講のようにお金をプールしておいて、年に何度か大宴会をひらく、私たちが招待されたのはきっとそれだったのだと聞いて、フェリーニもどきのそんな集まりはどんなにおもしろかったろうと、ほんとうに残念なことをしたと思いました。

はじめてゲットを歩いたのは、三月はじめのある土曜日の夜でした。フィレンツェから出てきてくれた友人と、もうひとり、ローマの若い友人と、いっしょに食事をしようということになって、ゲットの地区をえらんだのでした。細かい雨が降っていましたが、傘をさすと話がしにくくなるので、水たまりや足もとのごみをよけながら、濡れるままに石畳の道を三人で歩きました。

最初に入った、かなり名の売れたレストランでは、予約してなかったので断られました。土曜日だものしかたがない、と言いながら、ネオンもなにもない、さびれた裏通りを、あてずっぽうに行くと、軒をならべてふたつレストランがありました。より観光客むきでないほうを選んで入ると、三人なら席はあります、と言って、隅のほうの小さなテーブルに案内されました。せっかく、ゲットに来たのだから、この地区の名物料理を食べようということで、「カルチョフォ・アラ・ジュディア」という、チヨウセンアザミ（アーティチョーク）の、こぶしほどある蕾をぱっと花のように押しひらいて唐揚げにしたもの（私は、日本語なら「ユダヤ」、そして標準のイタリア語では「ジュデア」と言うところを、「ジュディア」という、この地区だけに残ったこの発音に、なにか中世の庶民の匂いのようなものを感じて、ふと、なつかしさを覚えます）や、「バッカラ・フリット」（塩鱈のフリッター）などを、わんさと註文しました。

横のテーブルは、わかい娘さんばかり十人ほどのグループで、その喧しいこと。こちらも負けないように大声で話さないと、とてもおたがいの声が聞きとれないくらいでした。女ばかりでこの人数というのが、イタリアではかなり珍しいと思っていたのに、もっと驚いたことには、ワインをとらないで、コカコーラの大きなプラスチックの瓶を、何本か置いて、それを飲んでいました。もうひとつのテーブルは、これも二十人ちかい大人数の客に占められていて、こちらは若いカップルばかりでした。男女ともに、いかにも親しげで、なかには幼児を連れた人たちもいました。おとなの話に、だんだん熱がはいってくると、こどもたちが、かってに椅子を降りて、そこいらを歩きまわっては給仕人にぶつかってころんだり、これもまことに賑やかなことでした。この人たちが、ユダヤ系という確証はどこにもなかったのですが、たのしそうな若い家族や、ちぢれ髪の元気な娘たちを見ているうちに、私はふと、『歴史』のなかの、終着駅から家畜のように貨車に乗せられて、収容所に連れて行かれたユダヤ人たちを思いだしました。その人たちも、かつては、こんな満ち足りた愉しい時間を、人生のどこかで経験したのだったろう。そう考えると、いくつかのせまい部屋にわかれたこのレストランの壁が聞き、見てきたことどもを、訊ねてみたいようにも思いました。

霧雨の暗い道に出て、最近評判になった本について議論しながら歩いている友人たちの話に、私はしばらくついて行けないでいました。

なにか、暗い手紙になってしまいました。今日のローマには、自由をもとめて流れついた難民と、フィリピンやアフリカ、東欧などからの、出稼ぎの人たちも多くて、暗い活気のようなものが、この都会の目にみえない部分で、激しく流れているような気がすることがあります。自分たちの生活もそこそこなのに、こんなに外国人を受け入れて、どうする気だろう。終着駅前の広場で、日没のころになると、情報交換をしに集まってくる、このあたらしい（騒々しい）プロレタリアートの群れに、アメリカ人も、日本人も、そして、他のヨーロッパの国々の旅行者も、目を瞠り、眉をしかめます。でも、このあいだ本を読んでいて、現在、私が住んでいる、トラステヴェレというローマの下町が、ローマ時代には、ユダヤ人をふくむ、中東の難民が住み着いた地区だったと知って、はっとしました。そういえば、都心からこのあたりに来る電車やバスは、いつも、外国人労働者でいっぱいなのです。難民なんて、なにも今日に始まったことじゃない。トラステヴェレの町はそんな、あきらめと、おおらかさがまざった気持で、彼らを受け入れているようです。歴史を肌で知っている、そんな言葉が、ふと、頭に浮かびました。《パオロ四世》や《ヒットラー》さえ生まなければ、今日の難民たちも、やがては、ローマに同化して、あたらしいローマ料理をつくったりしてくれるのでしょう。

お元気で、よいお仕事をなさってください。まもなく、お目にかかるのが愉しみです。

ミラノの季節

ミラノの四季について書こうと思ったが、ほんとうは、ミラノには、二季しかないのではないかと思っている。冬と夏が、どっしりとかまえていて、春は、ほんの挨拶の程度、秋となると、少なくも日本語の秋という言葉からうける、美しい澄んだ季節は、全くないといっていい。

二週間ほどまえ、八カ月ぶりに東京からミラノへ帰ってきてみると、それは四月の二十日すぎであったが、皆、夏服かそれに近いものを着て、暑い暑いといって歩いていた。ところが二三日すると、急に季節が逆もどりして、冷たい雨が降りしきり、日本の早春ぐらいの寒さになって、夕方など、手のつめたいような日がつづいた。今度は、皆、寒い寒いといって、いったん洗濯屋に出したオーバーなどを着こんで、もうすぐ五月だというのに、どうしたのだろうといいあった。そして、これが済むと、いっぺんに夏が来るぞ、と話している。

しかし、ミラノにも春はやっぱりある。三月の終り頃、八百屋の店先に、「きちがい菜」とよばれる、タンポポの新芽が売られる。「きちがい」というのは、まじめに畑で栽培されたのではなく、勝手に生えたというほどの意味なのであるが、これは、ミラノ付近の（主として、ミラノの南部、低地《バッサ》とよばれる地域の）牧草地に早春、芽を出す。日本で嫁菜やツクシを採りに行くように、家族みないっしょに、これを摘みに行く人もある。摘むといっても、タンポポは、根の近くから切らないと、ばらばらになってしまって収拾がつかなくなるから、小さなナイフで少し根を掘りおこすようにして、切りとる。あとの掃除が大へんで、しかも茹でると少しになってしまう。ふつう、茹でて、塩と油と酢で和えるが、生のままで、やはり生の玉ネギや、アンチョビいわしの塩漬をきざんで入れて、ドレッシングで和えても、ほろにがくておいしい。

ミラノ市の中心は、ドゥオモとよばれる大伽藍であるが、そのうしろに、若いコブシの木が一本植わっている。戦争のあとに植えられたとしかおもえぬこの若木は、春になると、まっさきに、おもいがけない白の花を、賑やかに咲かせてくれる。スモッグにとざされて暗い冬を送った街路樹が、まだ新芽など考えもつかない頃なので、この花をみると、春が来たと胸がおどる。

四月の半ばには、ミラノの国際見本市がひらかれる。ミラノは、イタリアの産業の中心地で、古くからヨーロッパの諸都市とつながっていたから、見本市も、五十年近い伝統をもつ。見本市が開かれると、どこのホテルも満員になり、自動車が混雑して、いかにも人口が増える感じである。開催中の日曜日は、親子連れや婚約者のむれが、近くの田舎から見物にくる。

イタリアに住むようになって間もないころ、汽車で、ミラノの北にある地方から来た老夫婦と乗りあわせたことがあった。おじいさんは八十六歳とかで、若い頃、大工をしていたといっていた。おばあさんが話してくれたのだが、はじめてミラノの国際見本市がひらかれたとき、二人で見物に来たのだそうである。雨が降っていて（この話をミラノの人にすると、楽しそうにわらう。見本市がはじまると、ミラノでは雨が降るといいならわされているからである）、あるスタンドの前の水たまりで、まだ若いおかみさんだった彼女が、すべってころんだ。泥だらけになったおくさんを、旦那は、知らんふりして、おいてきぼりにしたというのである。ひどい人だ、とおばあさんは、まるで昨日の出来事だったかのようにおじいさんをにらみつけた。あっはあと、おじいさんは、歯のない口をあけて笑っていた。

六月の二十日頃に学校はおわるから、その頃からが夏である。夏休みで、子供たちが旅に出る。裕福な家庭の子供たちは、それぞれの別荘に出かけ、そうでない子供たちは、田舎の親類にあずけられたり、市やその他の団体の経営する、海や山のコロニーにひきとられる。近頃は、準避暑地といった地方で、夏だけ小さいアパートを借りるという方法が、安あがりだし、自由だしというので人気がある。六月の終り近くに学年末試験があり、これに満点でパスした子供たちは、何の心配もなく休暇旅行に出られるが、しくじった連中は、九月に追試験をうけ、その結果がわかるまで、進級か落第かわからないのだから、折角の長い夏休みを、実に目覚めのわるい思いで暮らさなければならない。

七月になると子供たちの姿が往来から消え、アパートの中庭もひっそりしてしまう。七・八月と、ミラノは、大人――それも何か仕事を町にもっている――だけの町になり、その大人たちも急にのんびりしてしまう。子供たちを海や山に送り出した中年の夫婦が、なにかほっとして、婚約時代を思い出し、夜、映画の帰りに、まわり道の散歩をしたり、アイスクリームを食べたりするのもこの季節である。

おじいさんおばあさんに子供をあずけられない家庭では、たいてい母親が子供につきそって避暑に出かける。そこで町には、にわか独身者が氾濫し、レストランは、連日、超満員である。奥さんの残っている家にそんな連中がおしよせて、明方ちかくまで、くつろいで時をすごすのも、夏である。そして、夏は、八月十五日の「被昇天祭《フェラゴスト》」で最高潮に達する。

この日とその翌日は、ちょうどお盆の藪入りのようなもので、ミラノ中がしんとしてしまう。八月十五日にミラノにいるのは、よほどの変りものか甲斐性なしといわれていて、だれもが先を争って町を出る。「貧乏人の海岸」とよばれている郊外の人造湖は、いろいろな事情でミラノに残った人びとでごった返す。パン屋や食料品屋の一家が、店の名を書いた小型トラックで出かけていて、牧草地のポプラの木陰でピクニックをしていたりする。

八月十五日をすぎると、もう秋である。朝晩が急に涼しくなり、街路樹のプラタナスの葉が、目にみえて衰えをみせはじめる。ローマその他の地中海沿岸の町では、まだ海水浴をしているというのに、ミラノでは、もう毛織のスーツを着たくなる。追試験の準備をしなければならない子供たちが、つまらなそうな顔で帰ってくる。九月に入ると雨が多くなり、しとしとと何日も降りつづく。日本の時雨のような優しさはなにもなくて、いじわるで灰色である。ミラノはのっぺらぼうになり、冬を待つだけである。

中途半端な季節だからだろうか。秋はミラノ市民の引越しの季節でもある。貸アパートの契約も秋ごとに更新される場合が多い。連日の雨にうんざりしていると、十一月のなかごろ、ふいに小春日和が訪れる。ミラノの人びとは、その頃をねらって家をかわることが多い。引越すことを、サン・マルチーノをする、などという。十一月十一日が、聖《サン》マルチーノのお祭りなのである。

が、この頃ともなると、霧の多いミラノは、空港が閉される日が多くなる。ミラノの南を流れるポー河にむかって網目のように掘られた灌漑用の水路が縦横に走る低地《バッサ》帯から、霧は匍うように上ってくる。霧の深い日は、朝、目がさめたとき、窓の外の自動車の音が、いつもより鈍くなっているので、床の中から、もうそれとわかる。ふしぎなことに、ミラノに長く住んでいると、この霧が親しい友人のように、なつかしく思えてくる。霧がたちこめるようになると、ミラノで、もっともはなやかで充実した季節がやってくるせいかもしれない。

大学もはじまり、一段落というところで、冬がしっかりと腰をおちつける。十二月の七日が聖アムブロジオ祭で、この聖人に捧げられた教会の付近に、二日ほど、古物市がたつ。パリのノミの市にも似ていて、いろいろなガラクタが、まことしやかに売られている。オベイオベイの市というが、これはミラノ弁で、「きれいだねえ、きれいだねえ」の市というほどの意味である。アセチレンや電燈の光で賑わしく照らされた夜店のあいだを縫って、喧しく鳩笛などをふきながら歩いてくる子供たちをみると、どこのお店で売ってた、とついききたくなる。アーモンドを炒って、蜜でかためた、タフィーのようなお菓子を屋台でつくりながら売っていて、こちらのいう目方の大きさに、金槌でたたき割ってくれる。

そしてクリスマスがやってくる。「クリスマスは家族と、復活祭は誰とでも」という諺があるとおり、クリスマスは家族の中のお祝いである。子供たちがこの日に贈り物をもらうようになったのは、比較的あたらしい習慣で、昔は、この地方では、十二月十三日の聖女《サンタ》ルチアの祝日に贈り物をもらったという。

クリスマスが済んで、正月の二日ぐらいから、子供たちが学校に行きはじめると、親たちにとって、一年中でいちばん忙しい季節が待っている。一日の仕事を終えたあと、久しく会わなかった友人たちを食事に招いたり招かれたり、芝居も映画も充実したプログラムをくりひろげる。霧のおかげで、といいたいような暖かい会話が、夜おそくまで続く。週末にはスキーを車に積んで、ミラノを出て行く人も多い。

謝肉祭《カルネヴァーレ》は、年によってちがうが、大てい二月の半ばから三月にかけての三日ばかりのお祭りである。今日では、宗教的な意味は消えてしまって、子供たちがいろいろな仮装をして道を練り歩くだけである。色とりどりの紙の雪をばらまいたりしても、このころだけは、誰にも叱られない。「おしゃべり」という名の油菓子をおばあさん達がつくってくれて、その頃にはもう、皆が、春のお天気を気にしている。枝の主日とよばれる、復活祭の前の日曜日に雨が降ると、復活祭のお天気もあやしいというのである。家々では、ガラス拭きがはじまり、春はもう、ついそこまで来ている。

太陽を追った正月

霧だったり、つめたい雨だったり、ふだんから気候のわるいミラノでも、その年の冬はとりわけ気が滅入った。暮れから仕事もあまり来なくて、なにやら暗いお正月だったが、時間だけは存分にあったから、私の住んでいたアパートメントの数すくない取り柄のひとつだった暖房のよさをご馳走のようにして、なにかといっては友人が集まって夜の時間をいっしょにすごした。なかでも、彫刻家のYさん夫妻とは、彼らが家に来ないときはこちらが出かけていく、という具合で、おたがいの行ったり来たりが冬の夜をあかるませてくれた。

そんなある晩、それは一月のたしか二日ごろだったのだけれど、さむいわねえ、という話から、ちゃんとした太陽を見たいね、になり、プロヴァンスなんてどんなかしら、に至って、じゃ、太陽を見に南フランスに行こうということになった。ガソリン代ぐらいならどうにか出る。安いホテルに泊まって、朝食はパンとハムとワインを買えば、どうってことない。よし、あしたの朝、八時に迎えに来るよ。そういうとYさんたちは、さっさと帰って行った。

南イタリアに行く高速道路は《太陽の道》と呼ばれるが、リヴィエラへの道には《花の》という形容詞がついている。走りながら、いつ行けるかもわからないまま買ってあったプロヴァンス地方の旅行案内のめぼしい個所を私がうしろの席で読みあげ、それにYさんたちが、うん、そこも行こう、いや、二泊ぐらいではとてもそこまで、などと反応するうちに、けっこうたのしそうな旅程ができていった。

アペニン山脈を越えたあたりで、とうとう青空が出た。オリーヴの葉がきらきらと光るのを見て、ああ、太陽が溶けてなくなってたわけじゃないんだ、という感じで、私たちはしんとなった。ポンテ・サン・ジョヴァンニで国境を過ぎ、海沿いの道路の電柱が海とおなじトーンのブルーに塗ってあるのに気づいたとき、ああ、フランスに来たな、と深い思いが胸におしよせた。留学していたパリを一九五五年に離れて以来、ほぼ十四年ぶりだったのである。

ピカソやらレジェやらマティスやらが、あかるい南仏の光にもうひとつの陽光を添えてにぎにぎしく目にとびこんできた。乾いた道を歩くと、つま先に小さなほこりの立つのが、湿ったミラノから来た私たちにはひどくなつかしく思えたり、たしかに赤松とみえた林のなかにある白壁の美術館をたずねたり、巨匠の絵のある聖堂を見ようと、曲がりくねった山道を屋根の十字架を目じるしにやっと探しあてた修道院がその日だけ運わるく閉まっていて、まわりをとりかこむ高い塀のどこかに、とくべつな裏口がないかと周囲をぐるぐる歩きまわったり、日が暮れてたどりついた山の町でまるでお祭りのように明かりをともした画廊から画廊をわたりあるいたり、ほんとうに有頂天な三日間だった。

十四世紀にローマ法王が居をかまえたアヴィニョンの町でも、あの壮大なお城を見たあと、暮れるまで歩こうといいながら、私たちはこれというあてもなく丘の小道を登りはじめた。

曲がりくねった道の両側からおおうようにのびた茂みに、手やからだが触れるとそのたびにぱっとさわやかな香りが立ちのぼる。顔を近づけると、茂みのあちこちにはローズマリやラヴェンダーなど香草の枝がみえるのだった。だんだん暮れてきたので、そろそろもとへ戻ろうと坂道を降りはじめたとき、枯れ葉のうえに軽い足音がして、白茶けた犬がいっぴき茂みから出てきた。あ、と思うまもなく、犬のうしろから、あきらかに食料の買い出しとわかる大きな買い物袋を両手にさげ、ながいパンを二本、持ちにくそうにわきにはさんだ、すらりと背のたかい少女が現れた。素顔で、髪をむぞうさにうしろで束ね、さっさっとブルー・ジーンズの足もとを跳ねるようにしながら少女は登ってきたが、私たちに気づくと、ちょっと表情をかたくして、かすかに上体を外がわにかたむけると、すりぬけるように通りすぎた。

香草のかおりのたちこめるアヴィニョンの、淡い夕暮れの光のなかの坂道を登りつめたら、今日もまた、白い犬にみちびかれた、あの美しい少女が上がってくるのに出会えるかもしれない。

芦屋のころ

昭和十年、私が小学校に入った年に阪急沿線の夙川に越すまで、そのころ打出の翠ヶ丘といわれた芦屋のはずれで育った。大きな土蔵のある、庭のひろい家だった。家のまえがテニスコートで、春になると、そのまわりがタンポポで黄色くなった。テニスコートのとなりは空き地で、子どもはテニスコートに入れてもらえなかったから、私と妹はいつも、その空き地から、境界線の金網につかまって、テニスをしているおとなたちを見ていた。ヒシ形に編んだ金網に、手とゴムの運動靴の先っちょをつっこんでしっかりつかまっていると、サビで手が真っ赤になることがあった。タンポポは、足もとに積んであった白い砂のふちにも、いちめんに咲いていた。

私の生まれるまえに祖父がなくなって、それまで住んでいた大阪の家から、ここに移ってきたのだった。でも、祖父がなくなったから大阪を離れたのか、父が結婚することになったから郊外の家に越したのか、とうとう訊かないうちに、祖母も父も母もなくなってしまった。

翠ヶ丘の家の二階からは海が見えた。あるとき、母の学校時代の友達が小さい男の子をつれて、遊びにきた。その子が、丸刈りの頭をずうっと伸ばすようにして、二階の客間の廊下の手すりから海を見ていたのを、はっきりおぼえている。祖母がやかましかったから、そして母は祖母に気がねばかりしていたから、友人が来てもあまり愉しそうではなかった。なにか、ひそひそ話していたような、秘密めいた記憶がある。母の友人はそれきり来なかった。ずっとあとになって、私が大学生のころ、母が父とうまくいかなくなったときに、母は、おばあちゃんがうるさかったから、私は好きな友達と遊ぶこともできなかった、と言ったことがある。そのとき、私は、あの丸刈りの男の子をつれた母の友人のことを思い出した。

父が長男だったので、私たちは、若い叔母や叔父たちといっしょに住んでいた。叔母が二人、叔父が三人、そして祖母、両親で、私には年子の妹と五つちがいの弟がいたから、大所帯だった。弟が生まれたとき、私と妹は百日咳にかかっていた。赤ん坊にうつるといけないというので、「省線」(現在のＪＲ) の芦屋駅近くの、鉄道線路に沿った小さな家を借りて、そこに隔離されていた。母は来られなかったから、叔母たちがお手伝いと代わる代わるに泊まってくれた。夜、家のまえを汽笛をならして汽車が通ると、むしょうに家が恋しくなった。歩いて帰れる距離なのに、どうして家と汽車の音が結びついたのか、わからない。病気がだんだんよくなってから、ある日、翠ヶ丘の家に帰って、弟を見せてもらった。私が妹と庭の敷石のうえに立っていると、二階のガラス戸があいて、母が廊下の手すりから、白い産着にくるまれた赤ん坊を見せてくれた。母はおかしそうに笑っていた。母がひとりで赤ん坊とあそんでいるような気がした。私たちは庭から弟を見ただけで、また線路わきの借家に連れて帰られた。

西の離れが叔父たちの勉強部屋になっていて、そこの出窓のそとには、高いアオギリがしげっていた。どうしてか、夏のことだけ思い出すのだけれど、夕陽が照るとその部屋いちめんがオレンジ色になった。西の部屋に子どもは行ってはいけないことになっていた。でも、午後の時間には、叔父たちはどこかに行っていて、いなかったから、私は出窓に腰かけて、足をぶらぶらさせながら、たたみにアオギリの葉のかげが揺れるのを見ていた。そのころ、ギンギンギラギラ夕日がしずむ、という歌があって、その歌と西の部屋の夕日が重なった。歌を教えてくれたのは、大きいほうの叔母だった。

早い夕食のあと、叔父や叔母たちが散歩につれていってくれることがあった。ゆかたを着て、下駄をはいて、いま考えると、ずいぶん遠くまで歩いていった。阪急電車の線路のすぐそばの、叔父たちがどういうわけかブイブイ池と呼んでいた用水池まで行ったり、その近くの、砂漠とみなが呼んでいた、粘土質の、草も木も生えていない野原まで行ったりした。そこまで行くと、遠くに夙川の教会の塔が見えた。あたりがとっぷり暮れても、教会の塔だけがまだ夕陽をうけて、白く光っていることがあった。

ギンギンギラギラの歌を教えてくれた叔母は戦争中に結核でなくなり、祖母も両親もなくなって、母が二階から見せてくれた弟まで、先年、逝ってしまった。十年ほどまえだったか、翠ケ丘の家がまだそのまま残っていると、だれかから聞いた。

となり町の山車のように

教室であの子はいつも気を散らしています。
母が学校の先生に会いに行くと、いつもそういわれて帰ってきた。どうして、ちゃんと先生のいうことを聞いてられないの？　母はなさけなさそうに、わたしを叱った。聞いてないわけじゃないのよ。わたしにも言い分はあった。聞いてると、そこからいっぱい考えがわいてきて、先生のいってることがわからなくなるの。そういうのを、脱線っていうのよ。お願いだから、脱線しないで。脱線しないようにしよう。わたしは無駄な決心をした。

つめたい空気のなかを汽車は走っていた。遠い雪の斜面に黒く凍りついたような家が一軒見えたり、鉄橋の枕木のあいだから覗いている川の水面に細かい波がちぢれていたり、黄色い電灯の光に照らされた駅舎がさっとうしろに流れたりした。通いなれた沿線であるはずなのに、いったいそれがどのあたりだったか、記憶をたぐりよせようにも、すべてが闇に沈み澱んだようになって思い出せない。夜行列車に乗るようになったのは、戦争が終わった十六歳の秋、家族をはなれて東京で学生生活を送るようになってからだから、それはたぶん一九四七、八年の頃だったろう。それでもまだ、特急とか急行とかというのではなく鈍行の夜行列車で、堅い座席で寒さに目がさめるたびに、ああ、あと何時間ぐらいすれば東京に着くのだろうと、窓の外を過ぎてゆく電柱を、一本、一本、数えたりした。一千本になったら、東京。他愛ない事を自分にいいきかせては、また眠りに落ちる。

ぐっすり眠っていて、ふと目がさめると列車はまったく見おぼえのない、山を背にした小さな駅にとまっていた。停車はしていても、あたりに駅員がいるわけでも、アナウンスが聞こえるわけでもなくて、なにもかもが眠りこけた風景のなかで、近くに滝でもあるのか、高いところから水の落ちる音だけが暗いなかにひびいていた。

どれぐらい停車していたのだろう。やがて、かん高い汽笛が前方にひびいて、列車ぜんたいにながいしゃっくりに似た軋みが伝わると、ゆっくり動き出した。黒い瓦屋根の駅舎のゆがんだような板壁が遠のいていく。列車が速度をはやめるにつれて、線路わきの電柱の飛ぶ速度がせわしくなる。そのとき、まったく唐突に、ひとつの考えがまるで季節はずれの雪のように降ってきてわたしの意識をゆさぶった。

《この列車は、ひとつひとつの駅でひろわれるのを待っている「時間」を、いわば集金人のようにひとつひとつ集めながら走っているのだ。列車が「時間」にしたがって走っているのではなくて。

ひろわれた「時間」は、列車のおかげではじめてひとつのつながった流れになる。いっぽう、列車にひろいそこなわれた「時間」は、あちこちの駅で孤立して朝を迎え、そのまま、摘まれないキノコみたいにくさってしまう。

列車がこの仕事をするのは、夜だけだ。夜になると、「時間」はつめたい流れ星のように空から降ってきて、駅で列車に連れ去られるのを待っている》

一連のとりとめないセンテンスがつぎつぎにあたまに浮かんでは消えていった。もう旅が退屈ではなかった。暖房のきかない列車も気にならなかった。

その夜、雪のなかの小さな駅舎の板壁に目をこらしていたわたしのところに、暗い雪片のように空から降ってきた考えの束は、日本の復興がすすむにつれて、夜行列車に乗るようなことがだんだんと少なくなっても、あのころの旅の記憶といっしょにふつふつとわたしのなかに生きつづけた。

何年か過ぎて、わたしはパリにいた。大学の夏休みがはじまったばかりのある夕方、わたしはリヨン駅からローマ行きの夜行列車に乗りこんだ。一年まえ、日本からの船がジェノワの港に着いたとき、道ばたでたえず耳に飛びこんできたイタリア語が、あの町を覆っていた嘘のように透明な空の記憶と重なって忘れられなかったし、凍った北国の都会に自分を合わせられなくて、太陽がオレンジの色に燦く国に帰りたかった。いつかその国のことばを、自分のものにしてしまいたかった。

しばらくお別れだからと夕食をともにした友人に送られてローマ行きの列車の三等のコンパートメントに入ると、予約席の番号をもういちど確かめて、わたしは窓際の隅の席に荷物をおいた。車掌がばたんばたんと大きな音をたてて入り口のドアを閉める音が聞こえても、コンパートメントに相客らしい人物は乗ってこなくて、わたしはひとりで旅ができることにほっとしていた。

十二時間、ひょっとするともっと長い旅になるはずだったから、ひとりのほうがよかった。若い女がひとりでコンパートメントにいることが、ひどくぶっそうだとはまだ人々が考えない時代だった。列車が動き出してから、わたしはなんとなく、東京にいて休暇で関西の家に帰るときのようなはしゃいだ気分になっている自分に気づいた。戦争のあとの日本では、東京と大阪を旅するのにちょうどおなじくらいの時間がかかった。暖房のない東海道の列車は寒かったけれど、おなじ地方から街からおなじ東京の学校に行っている、同学年の仲間たちといつもいっしょだった。親たちが持たせてくれた、そのころは手に入れにくかったナツミカンの皮をむいて、すっぱいと悲鳴をあげたり、あまい、とだれかがいうと、その人の房をみなで分けて、笑いあったりした。ローマを目ざしてひたすら南に向かって走る列車はしんとしていた。

夜半にとなりの客室から、男たちの声が聞こえた。宵口に見た彼らの日焼けした顔や粗末な身なりから、休暇で故郷に帰るイタリアの労働者たちと知れた。それまで静かだったのは、みんな旅の支度にくたびれて眠っていたのだろう。列車の震動につれて揺られながら、内容もわからないまま彼らの話し声に耳を傾けていると、ぶっきらぼうなパリのことばに慣れた耳には、彼らの言葉はわたしが生まれそだった関西の人たちのアクセントそっくりなように聞こえた。イタリアに行きたいなんていって。わたしは思った。ほんとうは日本に、家に帰りたいんじゃないか。となりでは、歌がはじまっていた。

六月の終りというのに、アルプスを越える列車の客室にはうっすらと暖房が入っていた。窓のそとはただ暗いだけで、平野を走っているのか丘陵地なのかさえも見当がつかないまま、一本、また一本とうしろに飛んで行く電柱だけが、この世で自分の位置をはかるたったひとつの手がかりのように思えた。そのとき、もういちど、あの遠いころの列車の夜の記憶がもどった。

《夜、駅ごとに待っている「時間」の断片を、夜行列車はたんねんに拾い集めてはそれらをひとつにつなぎあわせる》

脱線、という言葉があたまに浮かんで、母はどうしているだろうと思った。自分はほんとうに脱線が好きなんだろうか。それから、こう思った。わたしのは、脱線というのとはすこしちがう。線路に沿って走らないと、思考と思考はつながらない。それくらいなら、わたしにだってわかる。つなげることがまず大切なのだということぐらいは。でも、どれがいったい線路なのか。

「時間」、とあのころ言葉の意味を深く考えることもなしに呼んでいたものが「記憶」

と変換可能かもしれないとまでは、まだ考えついていなかった。思考、あるいは五官が感じていたことを、「線路に沿って」ひとまとめの文章につくりあげるまでには、地道な手習いが必要なことも、暗闇をいくつも通りぬけ、記憶の原石を絶望的なほどくりかえし磨きあげることで、燦々と光を放つものに仕立てあげなければならないことも、まだわからないで、わたしはあせってばかりいた。

ジュネーヴ、というアナウンスが聞こえたように思った。駅の名を知らせるアナウンスというよりは、なにかに驚いて人が発する短くてするどい叫びのようだった。ずっしりと重たい窓を両手でもち上げてプラットフォームをのぞいてみたが、柱のあいだから弱々しい朝の光が斜めに射しているだけで、駅はほとんど無人に見えた。三つの国の言葉が話される国だ、そう思って、私はがらんとした朝の駅を見渡していた。

《「時間」が駅で待っていて、夜行列車はそれを集めてひとつにつなげるために、駅から駅へ旅をつづけている》

もともと、ひとつのまずしいイメージから滲み出たにすぎない言葉の束なのに、それは、たとえば成人のまなざしをそなえて生まれてきた赤ん坊のように、ごく最初からしっかりした実在をもってわたしのところにやって来たものだから、私はマヌケなメンドリのように両手でその言葉の束だけを大切に不器用に抱えて、あたためながら歩きつづけた。

「線路に沿ってつなげる」という縦糸は、それ自体、ものがたる人間にとって不可欠だ。だが同時に、それだけでは、いい物語は成立しない。いろいろ異質な要素を、となり町の山車のようにそのなかに招きいれて物語を人間化しなければならない。ヒトを引合いにもってこなくてはならない。脱線というのではなくて、縦糸の論理を、具体性、あるいは人間の世界という横糸につなげることが大切なのだ。たいていの人が、ごく若いとき理解してしまうそんなことを私がわかるようになったのは、老い、と人々が呼ぶ年齢に到ってからだった。みなが店をばたばた閉めはじめる夜の街を、息せききって走りまわっている自分を想像することがある。

そんなとき、あの山間の小さな駅の暗さと、ジュネーヴ！という、短い、鋭い叫びが記憶の底でうずく。

ヴェネツィアに住みたい

イタリアで、いちばん意表をつかれた都市は、ヴェネツィアだった。滑稽なはなしだけれど、私はミラノに十年も住んでいて、ヴェネツィアが島だということを知らなかった。島だ、と聞いても、なんとなく、そんなはずはない、と信じられなかったのだ。どうしてだろう。はじめてミラノからヴェネツィアに行ったとき、メストレの駅を出てまもなく、灰緑色にきらめく冬の海をわたる、細くて長い道を列車がゆっくり走ったとき、はじめて、ああ、そうか、ヴェネツィアはほんとうに島なんだ、と思った。

行ってみると、もうひとつ、意外なことがあった。島、という言葉から私は、子供のときの本にあった海賊島の地図のように、白い波頭の立つ海岸線にかこまれた、そして中央の部分がこんもり小高くなった緑の土地を想像してしまう。それなのに、ヴェネツィア人は、土地の最後のひと切れまで都市化しつくしていて、島に島でないふりをさせていた。運河で、縦横無尽に切り刻んでおいて、それを小さなかわいらしい橋でむすんで、端から端まで、船底についた貝がらのようにびっしり家を建てたりして、どうも、遊びがきつい人たちのようにもみえた。

終着駅サンタ・ルチアを出たところの、水上バスの停留所に立って海の匂いをかぐと、私は、いつも、ああ、またヴェネツィアに来たな、と思う。水に浮かんだ停留所は、近くをモーターボートが通ったりすると、ぐらりと揺れる。古タイヤでまわりを囲んだ停留所に、ぼかんとバスがぶつかっても、ぐらり。あるとき、ヴェネツィアに会合があって滞在したとき、どこへ行くにもこの水上バスというのが心もとなかった。足の下が水というのが、たよりなくて困った。

ずっとそう思っていて、去年の春、またヴェネツィアをたずねたとき、土地っ子のアドリアーナがあっと驚くことを言った。ある日、いっしょに出かけることになって、待ちあわせの相談をした。彼女は、何時ごろにホテルを出て、何時何分のバスに乗ってよ、私はちょうどその頃、大学を出て、おなじバスに乗るから、という。え、そんなことできるの、水上バスの時間はあてになるの、とたずねると、彼女はいかにも得意そうに言った。うん、水上バスは時間が正確だから。陸のうえみたいに、渋滞がないのよね、ミラノなんて行くと、あの渋滞にわたしはいらいらする。

アドリアーナが、ある夜、あまり旅行者の来ないレストランに行こうとさそってくれた。水上バスを降りてから、いくつか橋をわたって、私たちはゲットに出た。ユダヤ人をひとつ処に閉じ込めてしまうゲットの習慣は、ヴェネツィアからはじまったという。土地がかぎられているから、その区画だけ、建物が、すこし曲ったりしながら高々と空にむかってのびていた。春とはいっても湿気の多い、つめたい夜で、細くて暗い運河沿いの道をあるいていると、向こうから来た男が、チャオ、アドリアーナ、こんなところでなにしてんだい、と呼びかけた。だれよ、顔みせなさいよ、とアドリアーナが答え返した。それくらい、石畳のその道は暗くて、そのうえ、男は帽子をかぶって、ローデンの外套の襟を立てていた。アドリアーナに言われて、男は、ぬうっという感じで、白い顔をみせてわらった。私たちもわらった。すれちがってから、彼女が言った。高校時代のともだち。五十に手のとどく男女のあいさつにしては、ヴェネツィアらしくしゃれていた。

去年の滞在はたった三日だったけれど、時間がいっぱいあったので、宿に近いジュデッカの運河に沿った道を、ひとりで歩きまわった。「不治の病人たち」という、おそろしい名のついた河岸があって、以前は病院だったという。緑の茂みが横の小さな水路に姿を映している、しずかな庭があった。それにしても、こんな名の場所に病人を送りこんだりして、むかしの施政者はなにを考えていたのだろう。もうすこし先には、塩の倉庫があった。これも、むかし、ヴェネツィアは塩を島の外から買わなければならなかったので、建物は大げさなほど頑丈な造りだった。そのあたりからジュデッカの運河をへだてて、アンドレア・パッラーディオが設計したレデントーレの教会が見える。この教会が、夜、照明のなかで浮かびあがっているのをみていると、一生、ヴェネツィアに暮らしたくなった。

歩くのにあきると、半分、本を読んで、半分、なにもしないで、ジュデッカの島が見えるカフェのそとにすわって、ただぼんやりしていた。二日目の朝、目のまえの運河を、お葬式が通った。あかるいニスの色に真鍮がきらきらひかるモーター・ボートに、黒い被いをかけた柩が乗っていて、真紅のバラの花束につけたリボンが、ひらひら風になびいていた。死んでまで、水と縁のきれないヴェネツィア人の人生が、ふとうらやましかった。

アッシジに住みたい

イタリア中部の小都市、アッシジは坂の町である。どこへ行くにも、坂ばかり。中世以来の街並がつづくなかを、ゴシックのアーチをくぐったり、修道院の高い壁にそって、坂を上がったり降りたりしながら、ときどき、曲り角などで、思いがけなく眼下にひらける景色に見とれることもある。

はじめてこの町をおとずれたのは、一九五四年の夏で、アッシジのとなりのペルージャという、これも中世のままの町の大学で、イタリア語の夏期コースに出ていたとき。友人の運転するスクーターのうしろに乗せてもらって、やはり坂ばかりのペルージャの丘を降り、しばらく平野を走ると、アッシジの丘が前方に見えた。丘のいちばんふもとの辺りの、「大修道院」と土地の人が呼ぶ教会の巨大な橋梁をおもわせる建築に、まず、目を奪われた。

それから、何度、この町をおとずれたことだろう。十一回、というあたりまでは勘定して得意になっていたが、そのあとは、数はどうでもよくなった。ローマから、たしか二〇〇キロ近くあって、車で行っても、ちょっとした一日仕事である。留学生はお金がないから、だれか車をもっている友人が、アッシジに行こう、と言ってるのを耳にすると、すりよって行って、連れてって、と懇願した。何度行っても、平野からあの大修道院を眺めると、ああ、アッシジだと思って、心がふくらんだ。

アッシジは、十三世紀の初頭に清貧の修道生活を始めて、多くの人たちに愛されたフランチェスコゆかりの町である。しかし、当のフランチェスコが死ぬと、修道士たちは莫大な財産を築きあげ、大修道院は、いわばその「堕落」の象徴といえるかもしれない。でも彼らの「堕落」のおかげで、私たちは、かけがえのないジョットの壁画をはじめ、すばらしい街並まで楽しめるのだから、不平はいえない。フランチェスコの生涯を物語る大壁画は、とてつもなく高いところにあるから、ひどく見にくいのだけれど、それでも行くたびに、長いこと立ちどまってしまう。小鳥に説教するフランチェスコの絵など、一見、おとぎ話のようでいて、構図のきびしさ、新鮮さに圧倒される。それに加えて、輝く夏の空気を描いたような周囲のゆたかな空間。それともうひとつ、どういうわけか、通路のような、中途半端としかいいようのない場所にあるチマブエの作というフランチェスコの肖像画が、いい。猫背の、恐縮したみたいな表情のフランチェスコが、アッシジの夏の空のような深い青を背景に描かれている。

フランスからたずねてきた友人と、ミラノから車を運転して、アッシジまで行ったことがある。坂の街並も、大修道院の壁画も見せたあと、もうひとつ、その友人に、どうしても見てほしいものがあった。町のうしろの城址から見る夕焼けだ。そこからは、アッシジの町が一望できる。ラ・ロッカと呼ばれるその廃墟の一角に腰をおろして、私たちは夕焼けを待った。

陽が落ちはじめると、アッシジの建物という建物は、すべて薔薇色に燦めく。あれは、ゴシック様式のサンタ・キアラの教会、こちらは古代ローマ時代からのサンタ・マリア・ミネルヴァ教会と、私たちは指さしながら、街ぜんたいが夕陽に燃えるのを見た。アッシジの建物の石は、町のうしろの山の採石場でとれるもので、もともと、うすいピンクなのが、夕陽のなかで、あかあかと、そしてつぎには、むらさきに、ゆっくりと染まる。自分たちもその色に染まったなかで、百の考えがゆっくりと脳裡をよこぎった。ふと気づくと、あたりは暗くなりはじめている。平野のあちこちの人家に、明りがまたたきはじめるころ、頭上は満天の星。

私は、そしてたぶん、フランスの友人も、ああ、アッシジに住みたいと思って、ものもいわずに、ただ、見ていた。

ローマに住みたい

五月の半ばにローマにいるというのは、それだけでありがたいようなことだ。オペラっぽく、ある晴れた日、と書きたいのだけれど、あいにく曇りで、牛乳色の空気のなかを、ポプラの綿毛がふわふわふわとただよっている。これといった急ぎの仕事、人との約束もなくて、ひとりナヴォーナ広場のカフェの、道路にならんだ赤いビニール椅子にすわっている。となりのキオスクで新聞を買って、バッグのひもだけはしっかり腕に通して。ローマ時代の競技場のひとつで長い楕円形につくられたこの広場は車の乗り入れが禁止されているから、比較的、のんびりすわっていられる。遠慮知らずの、汚ならしいハトがテーブルの上を闊歩して、サンドイッチを食べてしまわないように気をつけてさえいれば。

目のまえを、五、六歳ぐらいだろうか、燃えるように赤い髪の少年を乗せて、中年の男が自転車ですぎていく。男の髪はまっくろで、おしゃか様みたいにちぢれている。いっしょうけんめい、という感じで男は子供になにか話しかけていて、それを子供は真剣な顔をして聴いている。あんなに夢中にさせるなんて、男はいったいなんの話をしているのだろう。

クリスマスから一月六日の公現祭までの二週間、この広場にはおもちゃの市が立つ。プレゼピオと呼ばれるイエス誕生の場面をかたどった泥人形を売る店がこの広場にぎっしり並んで、むかしどこの家でも飾ったその人形を買う客でごった返した。日本の雛人形のように、今年は牛を何匹、うちはまだ三人の賢者がないから、というふうに毎年、買い足していった。買うものがなくても、子供たちがお父さんに連れられてやってくる。母親は台所で季節のお料理にいそがしい。泥人形を買わなくても、飴をからませて煎ったアーモンドやら、これも秋にとれたばかりのハシバミの実を蜜でかためたトッローネと呼ばれる棒菓子の屋台から香ばしい匂いがあたりに漂って、子供には欲しいものだらけだ。

ずっと前、サンタクロースの服装のおじさんが、おめかしをしたちっちゃな女の子に、おじょうちゃん、プレゼントはなにが欲しい？　とたずねているのを見たことがある。その子が恥ずかしそうに、レイゾーコ、と答えると、自分が買ってやるわけでもないのにサンタクロースはちょっとあわてて、でも、おもちゃのだよね、と念をおしていた。

そんなことを思い出していると、目のまえを漆黒の髪のインド人の少女がすたすたと通りすぎて、文房具屋の角を上院の方角に曲っていった。サリの上にはおった短いマドラス綿のジャケットが、痩せた小さな肩によく似合っていて、かわいらしい。こんなに急いで、ひとりでどこに行くのだろうと思っていると、ほどなくその子がコカコーラとジュースの大きなプラスチック・ボトルを、片手に六本ずつ、重そうに下げて戻ってきた。この辺のお邸で働いていて、お使いに出されたのだろう。足もとがふらふらしている。

ぱっとあたりが明るくなる。太陽だ。男ふたり女ひとりの三人組が、やはりキオスクで新聞を買ってからカフェに来て席をさがしている。男のひとりが、陽のあたるほうがいいかな、と女に訊くと、マ・ノン・トロッポと彼女。うん、でも、あんまりじゃないほうがいい。見事に日焼けした女の腕には金色のうぶ毛とおなじ色のブレスレットがきらきら燦いている。これまでずっと、中庸ということを無視して生きてきた私のあたまの中を、マ・ノン・トロッポという言葉が独り歩きしはじめる。あんまりじゃないほうがいい、か。

地面をひょこひょこ歩いていたハトが、ひょいとテーブルに跳びあがって、お皿をのぞきにくる。いやだなあ。胸毛がまんなかのあたりで乱れて、やわらかそうな白い羽毛が見えている。こんなハトといっしょに、ローマに住むのもわるくないかもしれない。

霧のむこうに住みたい

そこへ行ったことはたしかなのに、ある細部、たとえば土地の名を忘れてしまったために、どこ、と正確にいうことができず、まるで夢で見ただけのような土地がある。私がそこをおとずれたのは、イタリア中部、ウンブリア地方の県庁所在地ペルージャに、ひと夏滞在したときのことだった。

フィレンツェやピサのあるトスカーナ地方のすぐとなりなのに、土地の表情にしても、文化の歴史にしても、何百年ものあいだ耕されつくしたトスカーナからは想像もつかないほど荒涼とした風景が、ウンブリア地方の山ひだには隠されている。中世そのままの姿、といっても塔や城壁やカテドラルの中世ではなくて、山羊や羊と暮らしていた遊牧民の中世が、ふいに目のまえに現れることがある。

ある日曜日、その夏ペルージャの大学にいた外国人仲間が、マイクロ・バスを借りてこの地方の北辺の町ノルチャまで遠出しようということになり、美術史の若い研究者が案内をひきうけてくれた。ノルチャは、西洋の修道院制度の開祖とよばれる聖ベネディクトゥスの生地で、繁華なペルージャからいくつか山を越えていくのだと聞いた。その町自体はなんということないが、イタリア人でもめったに行かない山のむこうだと聞いて興味をそそられた。

途中、いくつかの町、いくつかのカテドラルを見て、もうすぐノルチャに着くという地点で、急なくねくね坂をバスは登っていった。あたりの景色がすこしずつ変っていく。雲が出て、全てを焦がしつくすウンブリアの八月の太陽が光を失いはじめ、霧が視界をさえぎった。なにか暖かい衣類を持ってきて下さい、寒いかもしれませんからといわれて用意してきたショールやセーターをバッグから出す。

これが、最後の休憩地です、と案内者が告げてほどなく、バスは淋しい峠のふもとで停止した。海抜はどれくらいなのだろう。足もとは赤みがかった茶色の土で、いま登ってきたばかりのくねくね坂は霧のなかに沈んでいる。吹きつける冷たい風に首をすくめながら、一行はさそわれるまま、峠の石造りの小屋をめざして一〇〇メートルほどの坂を駆け登った。

小屋はバーと呼ばれるイタリア式の立ち飲みカフェだったが、人里はなれているので、日用品や食料品もあつかっている。五、六軒、自然石を漆喰で固めただけのおなじような住居があるなかで、その小屋はいちばん高いところに離れてあった。なかに入ると、たばこの煙が暗い電灯の下にうずまいていて、むっと匂った。片隅のカウンターには、数人の日焼けした男が寄りかかって、黙ってワインを飲んでいる。農夫のようにも見えたが、こんな荒地のいったいどこを耕すのか。どうして、こんなに黙りこくって酒を飲んでいるのか。

あとで教えられたのだが、あの寡黙な男たちは羊飼いだった。夏場だけ、平地の地主の羊をあずかって山に登り、群れと共に草を追って、秋が深まると羊を連れて平地に降りる。羊と番犬だけが相手の山暮らしだから、ほとんど人間とは口をきかない。山を降りると、ザンポーニャという革袋の笛を吹いて、村や町で施しを受けて暮らす。そして、夏が来ると、こうして山に帰ってくる。

こまかい雨が吹きつける峠をあとにして、私たちはもういちど、バスにむかって山を駆け降りた。ふりかえると、霧の流れるむこうに石造りの小屋がぽつんと残されている。自分が死んだとき、こんな景色のなかにひとり立ってるかもしれない。ふと、そんな気がした。そこで待っていると、だれかが迎えに来てくれる。

目的のノルチャは聞いたとおりの平凡な町だったが、途中、立ち寄っただけの、霧の流れる峠は忘れられない。心に残る荒れた風景のなかに、ときどき帰って住んでみるのも、わるくない。

Ⅲ

白い本棚

本ばかりのその部屋に白木のままの本棚があった。二十年とちょっとまえ、ミラノで暮らしていたころのことである。近所の職人さんに作ってはもらったものの、お金がなかったから、塗らないでけっこうですといって、そのまま夫の書斎に運びこんでもらったものだった。右の半分は、あなたの本、あとの半分は、私が使うわね。これで少しは本の整理ができる、とふたりしてよろこんだのは、夫が短くわずらって四十一歳で死ぬほんの数カ月まえのことだった。間口が二・五メートル、高さは優に三メートルを越していたのではないか。古い建物の一階で、ひどく天井の高い部屋だった。

夫が死んで二年ほど経ち、どうにか暮しのメドもたつようになったころ、私はその本棚を白く塗ることにした。部屋の暗さと、不意にひとり残されたやりきれなさを、白いペンキで塗った本棚が明るくしてくれると考えたのかも知れない。それに、白木の家具は汚れやすいから、とその部屋に来る友人のだれかれが、ほとんど私をなじるようにいうからでもあった。はやく塗らないと惜しいよ。工員をしている義弟に、どうしよう、と相談すると、結婚をまもなくひかえていた彼は、自分で塗れよ、それくらい、とそっけなかった。だいじょうぶ、きみにだって、できるよ。

まず、テレビン油で、全体を洗う。イタリア語でテレビン油はアックワ・ラージャ。床にワックスをかけるとき、まずこれで古いワックスを落とすから、どこの家にもある。この作業にたっぷり一日かかった。私がひどくのろまだったのか、本棚が巨大だったのか。そのまえに、本をぜんぶ棚から床におろす作業に、やすみやすみ、それもときどきおもしろい本に出会うと、ページをめくったりしながらだから、まる一日かかった。

つぎは、トノコを買ってきて、これを全体に塗る。手伝うのはごめんだけれど、コーチぐらいはしてあげるよ、という約束どおり、義弟がそう教えてくれた。いいよ、そんな面倒なこと、というと、だから本ばっかり読んでる人間はダメなんだよ、とたちまち軽蔑されたので、くやしいだけのためにトノコをていねいに塗った。これはたっぷり二日かかった。いよいよ白いペンキを塗るのだったが、二度塗りでないとだめだと、工場の帰りに寄ってくれた義弟におどかされた。冬で、塗料が部屋にこもって息がつまりそうになったり、無理なかっこうで首が痛くて折れそうだったりで、ついに完成したのは、最初のテレビン油洗いから十日も経ってからだった。

私が塗った、というと家に遊びに来た友人たちはだれもが、まさか、きみが？ という顔をした。アメリカではそんなことはあたりまえらしいのに、ミラノでは、すくなくとも二十年まえのミラノでは、Do it yourself という英語が気の知れないアメリカの風習として、インテリ仲間でうわさになる程度だった。当時のミラノ人はまだまだ階級意識がつよくて、職人の仕事をそうでない階層の人間がするのなど、恥、と思う人がほとんどだった。

これなら、まああの出来だよ。義弟はそういってペンキ塗りの本棚をほめてくれた。ぶっきらぼうな彼にしては最大の賛辞だった。ミラノを引きあげるとき、なによりも置いてくるのがつらかったのは、平凡そのもののみたいな、でも日本の建築にはどうみても大きすぎる、その白い本棚だった。

大洗濯の日

きょうは出かけないでね、と若い叔父たちもその日は足どめをくって、祖母や母や叔母たちが箪笥を動かしたり、庭に持ち出した畳をぱんぱんと威勢よく叩いたりするのを夜まできっちり手伝わされた。叩く畳も減り、人手もないから、もうほとんど見られなくなった六月と十二月の大掃除だが、この国だけの習慣かと思っていたら、イタリアにもあった。ふだんはから拭きで済ます床の掃除を、その日はテレビン油でいったん古いワックスを洗い落してから、あたらしくワックスをかけなおす。床をはいずりまわっての労働だから、それだけで一日がかり、さらに窓ガラスを拭き、天井のすすを払い、家具をいつもより念入りに磨くと、もう一日。イタリアのほとんどの地域で、春、復活祭の直前にする行事のひとつだ。大掃除が済んだころ教区の司祭さんが小坊主（といっても、ふだんはただの近所の子、いつもは教会のサッカーチームなんかで、神父さんの世話になっている）を従えて、聖水桶を手に家々の祝福にまわってくる。家が清められたところで、悪霊退散、一陽来復は西も東もおなじだ。

もうひとつ、ヨーロッパでは古くからの習慣らしいのに、日本では聞いたことのないものに、《大洗濯の日》がある。三十年ほどまえ、姑と話していて、そのことを知った。

田舎じゃあ、と彼女は言った。春になると一年に一回の《大洗濯の日》っていうのがあってねえ。一年に一回、朝早くから大鍋で洗濯物を煮るのよ。シーツやら、テーブル掛け、ナプキンもなにもかも、前日から灰を入れた水に漬けておいたのを、ぐつぐつ煮る。

煮え上がったら、こんどは草の上にひろげて干すの。牧草地が、いちめんに旗をひろげたみたいに、まっしろになってねえ。近所の家も、女の子はみんな手伝わされるから、その日はまるでお祭り騒ぎ。ほんとに愉しかったわ。姑はそう言って、頬をあからめた。

一年に一回なんて、汚いなあ。私は思ったけれど、口には出せなかった。姑の田舎がとくに野蛮だったのかとも考えた。彼女はミラノから東に一〇〇キロほど行った辺りの、平凡な農村の出だ。ところが、このあいだ、フランスの作家マルグリット・ユルスナールの自伝を読んでいて、こんな箇所をみつけた。

「春の大洗濯の日、前年の秋から屋根裏に積んであったシーツ、枕袋、テーブル・クロスやナプキン類〔の洗ったの〕を、息をきらせ、やかましくどなりあう洗濯女たちが牧草地に広げる。〔冬、屋根裏に積んであった汚れたシーツ類は、夏の日、菩提樹《ぼだいじゅ》の花の下にひろげた洗濯物とちがって、ずいぶん匂ったにちがいないのだけれど、たぶん、冬の凍るような空気が悪臭を封じてくれただろうし、洗濯物のあいだには乾したラヴェンダーの花をびっしりと押し込んであった〕」

姑とほぼ同年代だったユルスナールは、北フランスの裕福な家庭の生まれだったから、「洗濯女」が介在するけれど、季節も作業も、寒い北イタリアの風習と変らない。もっとも、一年に一度というのは姑の誇張だったらしい。

そういえば、九年間の漂流のすえオデュッセウスが助けられる島の王女、ナウシカも、その日、女神アテネのお告げを受けて、下女たちと春の大洗濯に出かける。汚れた衣類の山を馬車に積んで。なんだ、紀元前のギリシアでも、おなじ習慣があったのだ。大洗濯が、姑の《野蛮な》村だけの話でなかったことに、私はほっとした。

街路樹の下のキオスク

電車道の交差点のプラタナスの木陰にあったミラノのキオスクは、まわりに週刊誌の広告やら、どぎついスポーツ紙の記事などがビラビラと貼ってあったから、まるで賑やかなミノムシみたいだった。毎朝、家の片付けをひと通り終えると、その日の新聞を買いに行った。

いまならしっかりした文化ページが定評のラ・レプッブリカ紙を買いたいところだが、三十年まえのことだからイタリアでめずらしい全国紙だったコリエーレ・デラ・セーラか、日によってはトリノのラ・スタンパを買った。私のほうが新聞を買いに出たのは、夫が勤めに出るのが午後だったからで、彼はたいてい昼食のまえ、私が支度をしにキッチンに立つと横にきて、ひげを剃りながら新聞を読んだ。ミラノのキリスト教民主党が出しているイル・ジョルノを買ってきて、といわれることもあった。外国人の私にとっては、語彙が易しくて読みやすく、その紙上で私はクロスワード・パズルを覚えた。

二年まえ、年金生活にはいったミラノの義弟の家に泊まったとき、彼は自分のためには昔から読んでいたイル・ジョルノを求め、私のためには、わざわざラ・レプッブリカを買ってきてくれた。近ごろは評判の悪くなったキリスト教民主党のイル・ジョルノを、いったんこれと決めたからは、とでもいうように読みつづけている義弟の頑固さはおかしかったけれど、進歩的すぎるといって自分では読まない新聞を、死んだ兄貴のつれあいである私のために買ってきてくれたのは、言葉にいえないほどありがたかった。

しかも、電車道に近かった私たちの家とはちがって、義弟の家からキオスクまでは、信号がついた四車線もある道路を二度も渡らなければならない。

東京で、黙っていても新聞が配達されるのはたしかに便利だけれど、あのプラタナスの下のキオスクに買いに行く選択の自由も私は大切にしたい。

とくに旅行に出るときとか他の新聞を読みたくなったとき、配達をことわると、電話で応対する販売店の人たちがどうしてかと理由をたずねたり、一瞬、いやな空気が流れたりするのは、ひどくわずらわしい。

電車道のキオスクにいるおばさんがどんなひとなのか、私のほうは知ろうとしたことも なかったのに、夫が死んだあと初めて新聞を買いに行くと、大変でしたねえ、としみじみあいさつをされて、驚いた。

リペッタ通りの名もない牛乳屋《ラッテリア》

もともとイタリアのカフェは、立ったまま、ぴかぴかに磨いた真鍮のバーに片足をのせ、カウンターに片ひじをついてからだのバランスをとりながらエスプレッソをぱっと飲んで、じゃ、また、といった方式が主流である。ミラノに住んでいたころ、日本からの客を案内していて、どこかゆっくりすわって、お茶でも飲めるところはありませんか、と言われるのが私にとっては恐怖だった。旅行者もぐっとふえた現在はともかく、二十数年まえのミラノにはそんな場所はほとんど存在しなかったから。せいぜいが、超一流に高価でおしゃれなモンテ・ナポレオーネ通りのティー・サロン。それでなければ、旅行者に占拠されたガレリアのカフェ・テラス。どちらも、イタリアの庶民ふうに染まっていた自分には縁のない場所だった。

近年、仕事の関係で、ミラノよりローマに行く機会が多くなったが、ローマでも、むかし、二年暮らしたから、思い出すことは多い。気候がいいし、観光客の数がミラノとは比較にならないこともあって、都心にはカフェ・テラスがあちこちにある。アメリカ大使館に近いヴェネト通りには、ぜいたくに着飾った美男美女がお花畑さながらにたむろしていて、グリア・ガースンやらイングリッド・バーグマン、ハンフリー・ボガートなどがきらきらしていた時代にふと迷いこんだ気がする。

でも、私のローマの記憶は、どこかアメリカの匂いがするこの辺りではなくて、美術学校が集まるリペッタ地区のきたないカフェに巣くっている。一九五〇年代の終りごろ、当時のイタリアを代表する彫刻家のひとりだったペリクレ・ファッツィーニのアトリエにいた小野田はるのさんが、先生を探して、よくその辺りを歩いていた。仕事に一段落がつくと、ファッツィーニはふいとアトリエから姿を消して、近所のカフェにコーヒーを一杯、やりに行く。画廊から電話がかかってきたり、外国の客が予告なしに来たりすると、彼女が先生を探して歩くのだ。小野田さんに会いに行った私までがかりだされて、いやあねえ、先生、またどこかに行っちゃったよ、とぼやきながら、ふたりで近所のカフェをひとつずつのぞいて歩く。でも、旧都心のあの辺には大小のカフェがいくつもあって、なかなか見つからない。それにしても、のんびりした時代だった。

最近、私は、友人と会うのに、おなじリペッタ界隈に古くからあるラッテリアによく行く。ラッテリアは日本語なら「ミルクホール」だろうか。もとは牛乳屋だったのがちょっとした食べ物を出すようになったもので、店の半分が椅子席だから、ひとと話すのにはもってこいだし、値段もカフェで席にすわるより安い。美術学校の学生がテーブルをいくつか寄せて、カーニバルの仮装のためらしい天使の翼を共同制作していたり、アルバイトの値段を比べあったりしている。あるとき、ここの電話番号を、ちゃっかりガールフレンドにわたしておいたのだろう、本人あての呼びだし電話がかかってきて女主人にどなられた若者が、仲間にやんやとはやされていた。

ピノッキオたち

戦後、はじめて日本にジェッペットじいさんの木彫りの人形の話がとどいたとき、ピノッキオという名が「ピノチオ」とまちがって表記されていたが、かえってその音からヒヨコを連想して、私はなんてかわいらしい名だろうと思った。ひよこの鳴き声はふつうピヨピヨというのに、まだ小さかった弟が、あるとき、ねえ、ひよこがチヨチヨ鳴いてるよというのを聞いて、あっ、かわいいなと感じた。その音の印象が、私のなかでピノチヨという発音と重なりあったからだった。

イタリア語を勉強するようになって、ピノッキオというものが、もともとはジュゼッペ（英語ならジョウゼフ）の愛称で、それもフィレンツェ周辺のトスカーナ地方に特有な呼び方なのだと知った。愛称といっても、ふつうはペッペとか、ペッピーノ、あるいはピーノなどというところを、もういっちょかわいらしくというふうなとき、あるいは、ピーノのやつめが、と（それほど本気ではなくて）相手を罵倒するようなとき、あの地方の人たちはピノッキオと呼んだりするのだ。フィレンツェというと、日本では芸術の都みたいにいわれるけれど、その町の住人たちは、イタリアでは毒舌でしられている。たとえば、歩行者がとんでもないところを横断したときなどに、バスの運転手がながながとあびせかける「呪い」など、皮肉とユーモアとウィットにあふれていて、あれを耳にすると、ああ故郷に帰ったと思ってほっとすると、フィレンツェ生まれの友人がいっていた。

アンデルセンや宮澤賢治ふうの幻想的な童話にくらべると、ピノッキオの話は、勧善懲悪というのか、「いい子にならなければだめだ」という思想があまり見え見えで、すっと素直に好きにはなれない。それなのに、やっぱり忘れられないのは、あの奇妙な木彫りの人形が、遠い夢物語ではなくて、これを読む世界中の子供のひとりひとりに、とくにイタリアの子たちに、ほんとうによく似たことをしたり、考えたりするからではないか。こんどこそ、こんどこそと思いながら、ついつい、もっと食べたかったり、もっと怠けていたかったりして、ひどい目にあってしまうかわいそうなピノッキオ。そして、「青い髪の仙女さま」というのは、ずいぶんきびしくもあるけれど、けっきょくは子供の側にいてくれる、永遠の母親だ。ネコとキツネだったか、あんなふたり組の悪党は、今日も街角を曲ったところでばったり出会いそうだし、やっぱり胸がときめく。リアリズムというのだろうか。

はじめてイタリア語を勉強していたとき、友人に、ピノッキオを原文で読んでみたい、といったら、そのイタリア人は、まだまだ、きみのイタリア語では無理だよ、とあきれ顔をした。それでも、あの本をプレゼントしてくれたのだが、やっぱり、歯が立たなかった。だいいち、挿絵もなにもない、ほんとうに素っ気ない装丁で、どう見てもおとな用の本だった。

じつは、イタリアの子供も、ピノッキオの話は、ふつう子供用に書きなおした絵本や、今日ならディズニイの映画で知る。もとの本は、古典的でじつにりっぱな（しかし百年まえの）イタリア語で書かれているので、現代では、よほど文章に興味のある人でもなければ、ちょっとやそっとで読みこなせない。それでも、イタリア人と話していて、よくピノッキオの話がとび出すことがあるから、あのバカな人形の話をみんな知って愛したことがあるのは確実だ。

四十年まえ、はじめてイタリアに船で着いた八月の日、ジェノワの街で七歳ぐらいの男の子がふたり、肩をくんでいっしょうけんめいになにか話しあいながら、私のすこしまえを歩いていた。ひとりが話すと、そのあいだ、もうひとりの子は首をかしげるようにして聞いていて、その子が話しおえると、こんどは彼が口を切る。ときどき、相手のいったことがおかしいのか、ふたりはほとんど抱きあうようにして、うれしそうに笑う。しばらく行くと鉄道の踏切があって、彼らも私も列車が通過するのをじっと待ったが、そのあいだも夢中でしゃべっているふたりの子の背中いっぱいに、オレンジ色の夕陽がさしていた。

幻想的ではなくても、現実のなかでじゅうぶんおもしろがっていた、ふたりのピノッキオたちに惹かれて、イタリア語にのめりこんでしまった、そんな気がすることもある。

クロスワード・パズルでねむれない

クロスワード・パズルが好きだというと、たいていの友人たちは、え？　とふしぎそうな顔をする。あんなものを、なんで、と心の底で軽蔑しているような声の調子をおびる人が多いから、最近はじぶんでも少々うしろめたくなって、あまり人にいわないことにしている。でも、好きなものは好きなのだから、しかたがない。疲れてるなあ、というようなとき、夜、床についてから、明りを消すまでに、いっちょうやる。仕事が期限にまにあいそうもないときなどの、イライラや気のふさぎが、パズルという〈そこだけで完結する〉ものに気をとられているうちに、あたまがほぐれるのだろう、コトンとねむってしまう。

ところが、たまには、ひどくむずかしいのにハマって、疲れているはずなのに、二時間も没頭して、かえって冴えきってしまうこともある。明りを消してからも、正解になりそうな言葉が黒い活字体のままあたまのなかで点滅しつづけ、やりすぎたかな、と反省する。ある言葉が解けるまでは、道を歩いていても、人と大事な話をしていても、あたまではスペリングをくりかえしているのに気づいてはっとすることがある。

クロスワードといっても、じつをいうと、私のはイタリア語だ。〈パズルづくし〉の週刊誌があって、もちろん、日本では手にはいらないから、二、三カ月に一度ぐらいの間隔で、イタリアの義弟が「週刊パズル」を、小包で送ってくれる。私がイタリア滞在をきりあげて日本に帰ったのがもう二十五年もまえのことだから、彼は四半世紀、私にそれを送りつづけてくれたことになる。大変な人だ。

他にもパズル誌はあるのだけれど、まじめさでは「週刊パズル」にはかなわない。発行部数も、たぶん、ダントツのはずで、高度のパズルがいちばんたくさん出ている。老人の〈愛読者〉が多いのだろうか、たとえば、第一次世界大戦のころの女性スパイだったマタ・ハリがよく問題に出る。

クロスワードのほかに、レーブスという、なんとも稚拙な(でも、ひどく特徴のある)挿画に、いくつかアルファベットの文字を散らしてあるのを、絵とはまったく関係のないセンテンスに解いてみせるゲームやら、一ページ八コマの劇画ふうで、だれが殺人犯かをあてるという、そんなパズルものっている。文字の順序をならべかえて、ちがった意味の言葉をつくるアナグラムや、一コマ漫画のページもあるのだが、さまざまなパズルをひと通りやってみて、やはり、私は、クロスワードが性にあっているらしい。それも、うんとむずかしいのがいい。マス目がぜんぶしらじらと空白のままで、言葉の終りを意味する、あらかじめ黒く塗りつぶされたマスがないと、つづりの長さがわからないからだ。それを、タテ・ヨコの関わりを推理しながら埋め進んでゆくのは、スリリングなくらい愉しい。日本語のクロスワード・パズルとはちがって複雑な母音と子音の組みあわせをたどって首をひねるのは愉しいし、あっ、これは、だれだれと話していて覚えたあれだ、などと言葉にまつわる記憶をたどって思いめぐらすよろこびも、捨てられない。

苦手な問題は、たとえば、〈「ある日、青い空にむかって」と歌うのは?〉。正解は、『アンドレア・シュニエ』なのだけれど、私にとっては見たこともなく聴いたこともない、ジョルダーノ作の歌劇だから、オペラに暗い私には、見当もつかない。その他、〇〇年にツール・ド・フランスで活躍した自転車競走のイタリア人選手の名とか、現在、テレビで活躍しているキャスターの名などは、お手あげ。反面、〈ディートリッヒが演じた「青い」ものとは？〉なら、答えは〈天使〉だし、ヴィエンシアンのアジア人なら、答えはラオス人と、東洋人の私にはがぜん有利だ。

何度か英語のクロスワードに挑戦してみたことがあるが、これは語尾が千差万別で歯がたたず、かえってじぶんの無知をさとって落ち込んだ。ようするに、私のクロスワードは、ものを書くことでは得られない、手みじかな自己満足の手段にすぎないのかもしれない。

パラッツィ・イタリア語辞典

三十年まえに死んだ夫が、結婚して一週間も経たないころ、つとめていた書店から重たそうにかかえて帰ってきた、それがこの辞書だ。きみのだ、といって、もう夕食の支度のととのったキッチンのテーブルに、どさっと置いた、その音までを憶えているような気がする。夫になった彼からの、はじめての贈り物だった。

私にとって、最初のちゃんとしたイタリア語辞書だったから、そっと開いてみたとき手がふるえたのは、重さのせいだけではなかった。そのころはまだ、伊日辞典はほんの初歩的なものしかなかったから、私はそれまで、伊英とか伊仏などを使って、それでもわからないときは、英和とか仏和辞典をひくという、まわりくどい作業を強いられていた。それが、このときから、イタリア語だけで辞書をひくようになったわけだ。とりわけものを書くためのイタリア語のずいぶん大きな割合が、この辞書から私のからだにしみこんだ。

『パラッツィ』を使ってる、と私がいうと、ほう、という人と、へえ、という人がいる。「ほう」組は、どちらかというと古典的、文学的な道を歩いている人に多いのではないか。正統なイタリア語、という点でこの辞書は頑固で、とくに、ある種のいいまわしについて「これはフランス風の語法」などと、翻訳調をうるさく注意する。初版は一九三九年だから、ファシズム時代の国粋主義かもしれない。私のは六〇年の第二版だけれど。「へえ」と応える人は、たぶん、それが気にくわないのだ。どうして、現代的なチーム編集の（理系に評判のいい）『ガルザンティ』とか、現代用語や外来語のたくさんある『ヅィンガレッリ』を使わないの、という質問が口に出かかっている、そんな「へえ」だ。

夫にもらった、というのももちろんあったけれど、私がこの辞書一辺倒からながく抜けられなかった理由は、他にもある。たとえば、この辞書を使って、十冊にあまる日本の文学作品をイタリア語に訳したこと。また、あるとき、バラバラになりそうだなあ、と眺めていると、夫が、オリーブ・グリーンの、なんと電気の絶縁テープで修理してくれたこと。そして、ところどころにパラディグマと呼ばれる絵解きが入っていて、その図版が好きなこと。また、肝心の辞書としての機能からいうと、同義語が多いし、ノメンクラトゥーラといって、たとえば、大工仕事、の項のよこに、それにかかわる人、材木の種類、道具、機械、仕事の種類、などにわたる名詞と動詞を網羅した便利なコラムがついていること。これは翻訳をするときに、なによりもありがたかった。

七四年の第三版『パラッツィ』をはじめ、他の辞書も併用するようになったいまも、私は、まだこのぐさぐさになった辞書を捨てられないでいる。いやそれどころか、ときどきこれをひっぱり出してきては、言葉を探す。さもないと、夫の死後、彼の書斎で夜更けにひとり翻訳をしていた私をそばで見ていた証人であるこの辞書までが死んでしまいそうで、それではあんまりせつないのだ。

古いイタリアの料理書

お料理をつくって人に食べさせるのが好きだ、というと、なにやらうしろめたい気分におそわれるのは、じっさいに台所に立つ時間が、このところあまりにもすくなくなったせいかもしれない。だが、うしろめたさの理由は、それだけではない。お料理が好きだなどとえらそうに書いてしまったけれど、わたしのつくるもので、まがりなりにも料理といえそうなのはイタリア料理しかないのだ。それも、パスタをしこしこと打ったり、ピッツァの生地をばちんばちんとこねて寝かせたりという、当今の日本の「イタリア料理ができる」と宣言する人たちには初歩的と思われかねないことさえも、わたしはできない。じぶんの料理、などといばってみても、いくつかの、ちょっと田舎ふう（しゅうとめのお料理がそうだったから）の煮込み料理が得意だという、それだけの話でしかない。

台所に立てなくなっても、古い料理本を本だなからあれこれ抜いてきて、小さな空き時間に読みふける愉しみは、ほそぼそとつづいている。なかでも、結婚してまもないころ、本好きの夫が買ってきてくれた『アルトゥージ』は、わたしの愛読書といっていい。著者の名そのままで呼ばれる六〇〇ページ余の厚い本で、カバーはとっくに紛失してしまったが、空色の表紙に大きな油のシミがいくつもついているところをみると、あのミラノの家の天井の高い台所の、黄色いメラミンのテーブルにこれをひろげて、お料理をつくったこともあったのかと、なつかしい。

この本の初版が出た一八九一年にはいざしらず、すくなくとも、現在ではかなり実用性の薄い本で、読むためだけにあるといっていいほどだ。ずしりと重いこの本のページを、あてずっぽうにあちこちひらいては読みすすむ大きな愉しみのひとつは、なんといっても、いまはもう典雅としかいえない、著者アルトゥージの古風なトスカーナ語の表現だろう。ガスも、電気も、厨房にはなかった時代の本だし、トスカーナの野山にはまだ食用の野鳥やイノシシが満ちあふれていたころの本だから、じっさいの役にはたたなくても、そんなことは気にならない。これはいったいどういう料理だろうと、ときに想像をめぐらして読むのも、また愉しい。

初版が一八九一年ということは（わたしがもらったのは、一九五八年の、版元もかわった再版本だ）、イタリアの統一からまだ数年しか経っていないわけで、読みようによっては、西欧諸国の「文明度」に追いつこうとあせっていた明治の日本を彷彿させる箇所がいくつもある。たとえば、教養のあるものが、ないものたちに対したときの、えっへんという咳ばらいが聞こえそうなある種の「くさみ」。アルトゥージは、レシピひとつひとつのまえがきで、ながながと衛生にかんする意見をのべたりする。「光のよくさす風通しのよい家に棲みなさい」など、お料理の本とはとても考えられない注意書きがいきなり出てきたりするのも、そのひとつだ。「からだによい」と、明記されたレシピがたくさんあるのには、まだ結核をはじめ、無知と栄養不足に起因する病気が恐れられた時代だなあと、感じいる。

いかにもまのぬけた話なのだが、この本のほんとうの題が『アルトゥージ』ではなくて、『厨房における科学および、おいしく食べる技術』、であるのをわたしが「発見」して驚いたのは、つい二、三年まえのことだ。四十年ちかくも、ほんとうの題を知らないまま読んでいたというのには、あきれるほかないが、本の背表紙には、金色の文字で『アルトゥージ』と著者の名が書いてあるだけだし、いまアルトゥージを読んでる、というふうにイタリアではいうのだから、しかたがない。そして、「おいしく食べる技術」とわたしが訳した「技術」は、原文ではアルテ、英語のアートで、芸術と訳すこともできる。「芸術」を食事にまでもちこんだ、ある種の（ロマン主義的な）ひたむきさは、まえがきの、つぎのような演説ふうの文章を読むと、わかる。

「人はパンのみにて生くるものにあらずとや、なるほどその通りだ。副食物も要る。さらに、これらをより経済的、より味さわやかに、より健康的に調理すべきであるのは、わが信条にして、わが主眼とするところ、まさに、これこそは真の芸術なのである」

さようでございますか、おそれいりました、とちぢこまるほかない。

アルトゥージのお説教はこれぐらいにして、どんな料理法が出ているか、ちょっと読んでみる。たとえば、わたしの得意料理（だった）、オッソ・ブーコの料理法には、トスカーナ人アルトゥージの、こんな負けずぎらいの「まえがき」がついている。

「この料理は、ミラノ人にまかせるのが肝要、なんといってもロンバルディア地方のご馳走なのだから。したがって、からかわれるのもくやしいから、知ったかぶりはやめて、さっと説明する」

だが、わたしにいわせてもらえば、彼の「さっと」すませた説明によるオッソ・ブーコ調理法だと、下処理が粗雑だから、肉の旨みがほとんど逃げてしまうこと、まちがいない。もしかしたら、その原因は、わたしが料理をおぼえた、湿度のたかい平地の多いロンバルディア地方の肉と、乾いた丘陵にめぐまれたトスカーナ地方のものと、肉の質のちがいにあるのかもしれない。

あるいはまた、サルヴィア（セイジ）入りの若鶏のレバー・ペースト。トスカーナの家庭ではカリカリに焼いたパンにつけて、いまでもよくオードブルに出されるものだが、夏、胸をえぐるように匂いたつあのサルヴィアは、やはりトスカーナに行かなければ手に入らないから（ミラノのものでも、これはだめだ）、レシピを愉しむだけでがまんすることになる。

こっけいなのは、チカーラという、ふつうのイタリア語ならセミを意味する「生き物」の料理法。トスカーナ弁なのだろう、アルトゥージは読者がおどろくのを承知でわざと「チカーラ」と書いている。

「樹上に歌うあのセミのことを話しているなどと、みなさん、ゆめゆめお考えにならぬよう。ここで申すのは、アドリア海に多く棲息する例の甲殻類で、イタリア語ではスクイッラ（ラテン語では squilla mantis）、あの地方ではもっぱら、カノッキアと呼ばれるものであります」

なあんだ、と読者は胸をなでおろす。セミではなくて、カノッキア、すなわちシャコのことなのだ。セミとシャコ、そういわれれば、胴体の感じが似てなくもないのだが、チカーラはふつうのイタリア語ならセミを意味するから、これを読むと、イタリア人だって最初はびっくりする。はじめから、チカーラはスクイッラ＝シャコ、と書けばいいのに、トスカーナ人には、わが方言こそイタリア語であって、それがわからなければ、そっちがわるい、というところがある。それがアルトゥージにも見え見えなのが、なんとも憎い。

そのシャコ料理として著者があげるのは、しかし、「パセリ詰め」、「煮込み」、「フリット」と、さんざん人をおどろかしたあとにしてはかなり平凡だが、あげくのはて彼じしんがいちばん気に入っているらしいのは、なんのことはない、セミの、すなわち、シャコの炭火焼きだ。ことに、三月、四月、肉がたっぷりしていて、赤みのさした卵のはいっている時期がいい、というあたりなど、なかなかのグルメぶりだ。もちろんわたしも賛成である。

アルトゥージは、故郷のトスカーナを出たあと、商業で身を立て、文芸評論を新聞などに発表しながら、かなりの財産をきずいたすえに、フィレンツェの小さい銀行を買いとり、あとは一九一一年に九十一歳の生涯を終えるまで、悠々自適の生活を送ったという。かつては文芸評論家としても知られた存在であったらしく、それが彼の名文レシピの秘密なのだろう。晩年、いなかに買った領地の家で、気にいった客をもてなすために、じぶんで台所に立つようになり、その間あつめたレシピがこの本になったのは、「もう髪が白くなってからだった」と序文にはある。

雨の日を繙く

江國香織

須賀敦子さんの御本を読んでいると、どうしてだろう、雨が降っている気分になる。いつも。

没頭して頁をめくり、知らない街の古い石畳や行きかう人や、愉しげな食材店や季節ごとの木々や、注意深く綴られる誰かの横顔にひきこまれ魅了され、ふと本を離れると、私は東京の片隅の小さな自分の部屋にいて、窓の外は雨が降っている。部屋の中が随分暗い。もう夕方なのだ。電気をつけることさえ忘れていた。

そういう気分になるのだ。だからたとえば外が晴れていたり、そもそも夜で、ちゃんと部屋の電気がついていたりすると、間違った場所に帰ってきたような気がする。あわてて本の中に戻る。するとまたやがて、おもては雨が降っている、としか思えない気配に、しっとりと包まれる。

雨の日の読書が特別なのは、私の個人的な記憶や事情なのだろうか。多くの人に共通する何かなのだろうか。後者のような気がするが、はっきりとはわからない。

雨の日の、閉じ込められる感じとうす暗さ、物がみな境界線を曖昧にし、植物や家や家具といった、普段言葉を持たないものたちが俄然生気を帯びるあのひそやかさ。書物の内側と外側、物語の内側と外側、は、雨の日にはほとんど地続きになる。ある種の書物を繙くことは、雨の日を繙くことだ。

須賀さんの書かれるエッセイは、一つずつがぽつんとある宝石みたいな物語だから、読む者の窓辺に一種の遮蔽幕をおろすのかもしれない。

その中で過ごす時間の豊かさは、須賀さんが亡くなられても、全然変らない。それはちょうど、『ウンベルト・サバ詩集』（みすず書房）の巻末にも収められている「トリエステの坂道」で須賀さん御自身が、「たぶんトリエステの坂のうえでは、きょうも地中海の青を目に映した《ふたつの世界の書店主》、私のサバが、ゆったりと愛用のパイプをふかしているはずだった」と書かれている、それとおなじ、物語と記憶と時間、言語と土地と人々、の織成す作用なのだ。

須賀敦子さんは、私にとって、まずナタリア・ギンズブルグの翻訳者だった。無論、その後『ミラノ 霧の風景』を読み『コルシア書店の仲間たち』を読み『ヴェネツィアの宿』を読み『トリエステの坂道』を読み『ユルスナールの靴』を読み、その思慮深く明晰な日本語に、ふくよかで陰影のある文章に、そしてあちこちから立ち現れる街や人や書物や歴史、家族や記憶の息づかいに、その都度たっぷりとひたった。でも、その前にやっぱりギンズブルグがあった。

『ある家族の会話』というのがその小説のタイトルで、一九八五年の冬の日に、私は書店でその本をみつけた。おおげさな言い方になってしまって恥かしいけれど、私にはほんとうに一目で、自分にとってそれが特別な本になることがわかったし、現に、なった。私はギンズブルグに圧倒的に惹かれ、同時に須賀敦子という人に圧倒的に興味を持った。私にはイタリア語などわかりもしないのに、これはこういうイタリア語で書かれた小説なのだ、とはっきりとわかった。

言語はつながっている、という確信を、私はそのときに初めてほんとうに得たのだと思う。

物を書きたいと漠然と思ってはいても、書くより読む方がもっと好きだとわかっていたし、小説を書くことで生計をたてようと思い定めるほどの気概も持たなかった二十一歳の娘だった私は、でも、翌年アメリカに留学した。言語はつながっている、ということを、もう疑っていなかった。

そんなこともあって、私は聖心女子大とも上智大学とも関係ないのだが、須賀敦子さんをきわめて勝手に一方的に、ちょっと先生だったと思っている。

さて。『霧のむこうに住みたい』は、単行本にこれまで未収録だったエッセイを中心にまとめた一冊で、書評集や日記などを除いては、おそらく最後の作品集になるという。七年目のチーズ、ビアンカの家、アスパラガスの記憶……。目次を見るだけで、須賀敦子さんの本だとわかる。さっぱりした言葉たち。

読み始めれば、たちまちいつもの、仄暗い場所につれていかれる。仄暗い、温度の低い、未知にしてなつかしい場所だ。物の手触りはそこでこそはっきりするし、灯りのあかるさも温かさも、人々のうしろにある物語も亡霊たちも、そこでこそ愉しそうに顔をみせてくれる。

春のアスパラガスや真冬の避寒地の太陽、村じゅうの家々が草地に洗濯物を干す一日、といったまばゆいばかりの記憶の断片も、その仄暗い場所でのみ正しい質量を得て、存分に光りかがやけるのだというみたいに。

質量。それについて、須賀さんの文章は奇跡みたいな均整を保っている。この作家は決して多くを語りすぎないし、人々を切りとってみせたりしない。

ごくあたりまえのこととして、人には人一人ぶんの厖大な物語があり記憶があり、その向うには家族がしっかり――どういう境遇にせよどんな考え方を持っているにせよ――つながっていて、街があり国があり歴史があり言葉があり、たいていのことはわからないまま光もあてられぬまま、それでも一度だけの輝きをもってくり返されていくのであり、切りとることなど不可能だし無意味なのだ、と御本人が思っていらしたかどうかはともかく、本質的には物語とはすべからく長く重く暗いものだということを、須賀さんのエッセイは思いださせてくれる。そして、だからこそ存外、ひそやかで心愉しい瞬間にみちているのだということも。

須賀敦子さんに、実際にお目にかかったことはないのだが、エッセイを読んでいて、少女じみたひとにふいにでくわしてしまった、と感じることがある。たとえば「フィレンツェ　急がないで、歩く、街。」と題されたエッセイの中の、こんな一節。

街中が美術館みたいなフィレンツェには、「持って帰りたい」ものが山ほどあるが、どうぞお選びください、と言われたら、まず、ボボリの庭園と、ついでにピッティ宮殿。絵画ではブランカッチ礼拝堂の、マザッチオの楽園追放と、サン・マルコ修道院のフラ・アンジェリコすべて。それから、このところ定宿にしている、「眺めのいい」都心のペンションのテラス。もちろん、フィエゾレの丘を見晴らす眺めもいっしょに。夕焼けのなかで、丘にひとつひとつ明かりがついていく。そして、最後には、何世紀ものいじわるな知恵がいっぱいつまった、早口のフィレンツェ言葉と、あの冬、雪の朝、国立図書館のまえを流れていた、北風のなかのアルノ川の風景。

持って帰りたい?! これを読んで、ばったり少女にでくわしたみたいに微笑まないひとがいるだろうか。須賀さんの文章にはめずらしい体言止めが続き、そこにいるのは、秘密の場所を教えてくれるのに、息を弾ませて幸福そうに、誇らしそうに、駆けだしてしまった少女みたいだ。

須賀さんの御本には、いつも彼女の人格と人生が潜んでいる。そして実にさまざまな、美しくしずかな方法で、街を読む愉しみを教えてくれる。

二〇〇三年一月

初出一覧

I
ビアンカの家 「ひろば」1979年夏号 至光社
七年目のチーズ 「讀賣新聞」1993年6月25日
アスパラガスの記憶 「嗜好」523号 1992年8月 明治屋本社
悪魔のジージョ 「文藝春秋」1991年9月号 文藝春秋
マドモアゼル・ヴェ 「中央公論」1994年7月号 中央公論社
なんともちぐはぐな贈り物 「小説すばる」1996年4月号 集英社
屋根裏部屋と地下の部屋で 「月刊Asahi」1993年9月号 朝日新聞社
思い出せなかった話 「本の話」1995年11月号 文藝春秋
ヤマモトさんの送別会 『や・ちまた』1996年1月10日 みすず書房
私のなかのナタリア・ギンズブルグ 「みすず」1990年8月号 みすず書房
II
フィレンツェ——急がないで、歩く、街。「太陽」1992年5月号 平凡社
ジェノワという町 「文學界」1991年8月号 文藝春秋
ゲットのことなど——ローマからの手紙 「みすず」1991年6月号 みすず書房
ミラノの季節 「學鐙」第65巻第7号 1968年7月 丸善
太陽を追った正月 「朝日新聞」1994年1月4日
芦屋のころ 「ニューひょうご」1992年7月号 兵庫県広報課
となり町の山車のように 「Signe de B」第10号 1994年3月 ニュープリンス観光バス
ヴェネツィアに住みたい 「Mr. & Mrs.」1992年4月号 日本ホームズ
アッシジに住みたい 「Mr. & Mrs.」1992年7月号 日本ホームズ
ローマに住みたい 「Mr. & Mrs.」1992年10月号 日本ホームズ
霧のむこうに住みたい 「Mr. & Mrs.」1993年1月号 日本ホームズ
III
白い本棚 「室内」1993年10月号 工作社
大洗濯の日 「室内」1994年11月号 工作社
街路樹の下のキオスク 「毎日新聞」1995年12月12日
リペッタ通りの名もない牛乳屋 『想い出のカフェ』1994年9月3日 Bunkamura
ピノッキオたち 「岩波世界児童文学集だより」第5号（『岩波世界児童文学集』20・27巻）
1993年12月 岩波書店
クロスワード・パズルでねむれない 「CREA」1996年6月号 文藝春秋
パラッツィ・イタリア語辞典 「一冊の本」1997年6月 朝日新聞社
古いイタリアの料理書 「別冊文藝春秋」夏号 1996年7月 文藝春秋

『須賀敦子全集』第2巻〜第4巻（2000年、小社刊）を底本としました。

須賀敦子（すが・あつこ）

1929年兵庫県生まれ。聖心女子大学卒業。1953年よりパリ、ローマに留学、その後イタリアに在住し、1961年ミラノで結婚。数多くの日本文学の翻訳紹介に携わる。夫の死後、1971年帰国。上智大学比較文化学部教授。『ミラノ　霧の風景』で、1991年講談社エッセイ賞、女流文学賞受賞。1998年逝去。

主な著書に、『ミラノ　霧の風景』（白水社）、『コルシア書店の仲間たち』『ヴェネツィアの宿』（文春文庫、白水社）、『トリエステの坂道』（みすず書房、新潮文庫、白水社）、『ユルスナールの靴』（河出文庫、白水社）、『遠い朝の本たち』（ちくま文庫）、『時のかけらたち』（青土社）、『本に読まれて』（中公文庫）、『イタリアの詩人たち』（青土社）、『地図のない道』（新潮文庫）、『須賀敦子全集（全８巻・別巻１）』（河出書房新社）など。

主な訳書に、N・ギンズブルグ『ある家族の会話』『マンゾーニ家の人々』（白水社）、『モンテ・フェルモの丘の家』（ちくま文庫）、A・タブッキ『インド夜想曲』『遠い水平線』『逆さまゲーム』『供述によるとペレイラは……』（白水社）、『島とクジラと女をめぐる断片』（青土社）、I・カルヴィーノ『なぜ古典を読むのか』、『ウンベルト・サバ詩集』（みすず書房）など。

霧のむこうに住みたい

2003年３月20日　初版発行
2010年12月30日　６刷発行

著　者　須賀敦子
装　丁　水木奏
発行者　若森繁男
発行所　河出書房新社
東京都渋谷区千駄ヶ谷2-32-2
電話　(03)3404-8611［編集］　(03)3404-1201［営業］
http://www.kawade.co.jp/
組版　KAWADE DTP WORKS
印刷　中央精版印刷株式会社
製本　小泉製本株式会社

落丁・乱丁本はお取替えいたします。

ISBN978-4-309-01529-3

須賀敦子全集　全 *8* 巻・別巻 *1*

＊印は単行本未収録または未発表

第1巻	ミラノ 霧の風景 コルシア書店の仲間たち ＊旅のあいまに	◆解説・池澤夏樹
第2巻	ヴェネツィアの宿 トリエステの坂道 ＊エッセイ／1957〜1992	◆解説・矢島翠
第3巻	ユルスナールの靴 時のかけらたち 地図のない道 ＊エッセイ／1993〜1996	◆解説・堀江敏幸
第4巻	遠い朝の本たち 本に読まれて ＊書評・映画評ほか	◆解説・中井久夫
第5巻	イタリアの詩人たち ウンベルト・サバ詩集（翻訳） ＊ミケランジェロの詩と手紙（翻訳） ＊歌曲のためのナポリ詩集 17世紀〜19世紀（翻訳）	◆解説・池澤夏樹
第6巻	＊イタリア文学論 翻訳書あとがき	◆解説・武谷なおみ
第7巻	＊どんぐりのたわごと（第1号〜15号） ＊日記	◆解説・松山巖
第8巻	＊書簡　＊年譜 ＊「聖心の使徒」所収エッセイほか ＊荒野の師父らのことば 抄（翻訳） ＊ノート・未定稿「アルザスの曲りくねった道」	◆解説・松山巖
別巻	＊対談・鼎談	◆解説・森まゆみ